EL EJECUTOR

SERIE CHICAGO BRATVA
LIBRO CINCO

RENEE ROSE

Traducido por
M ZACHS

LIBRO GRATIS DE RENEE ROSE

Quiere un libro gratis de Renee Rose? Suscríbete a mi newsletter para recibir *Padre de la mafia* y otro contenido especialmente bonificado y noticias de nuevos. https://Book Hip.com/NCVKLK

EL EJECUTOR

Es mi debilidad, mi obsesión. Y ahora, mi prisionera.

Pasé doce largos años en una prisión siberiana.

Desde que salí, nada ha captado mi interés.

Nada, excepto ella.

Semana tras semana, veo a su banda tocar.

No puedo sacarla de mi mente.

Cuando mi pasado me alcanza, ella se convierte en un objetivo.

La única manera de salvarla es encerrarla.

Mantenerla prisionera hasta que todo pase.

Ella nunca me perdonará, pero no puedo explicarle.

No puedo hablar.

CAPÍTULO 1

*O*leg

La hora de cierre en Rue's Lounge es la peor parte de cada semana. Me termino lo último de mi cerveza y dejo la botella, levantándome a regañadientes de la mesa que había ocupado al principio de la noche. Story, mi pájaro cantor estadounidense, y los compañeros de banda de ella se reúnen alrededor de la barra, todavía cargados de energía tras otra épica actuación.

Dudo, pero no hay excusa para quedarme. No cuando Rue, la dueña con corte mohicano, ya ha encendido los fluorescentes del techo para echar a los últimos clientes. No cuando me ha señalado específicamente y ha movido la cabeza hacia la puerta.

No tengo ninguna razón para quedarme. No estoy dando vueltas reuniendo valor para invitar a salir a Story.

Eso sería imposible sin lengua.

Tampoco voy a inventar alguna otra forma de conectar con ella. No soy el hombre para ella. Eso lo sé.

Y no me quedo para acumular más horas mirándola. Bueno, quizás algo de eso sí. Es jodidamente difícil apartar la mirada cuando ella está en la sala. La vocalista y guitarrista de voz melosa es magnética. Hipnotizante. Gloriosamente talentosa, punk y hermosa.

No, me quedo porque soy incapaz de irme. No puedo abandonar el local hasta estar absolutamente seguro de que Story llegará a casa sana y salva.

La observo mientras se bebe su tercera margarita en unos rápidos tragos y luego se ríe de algo que dice uno de sus amigos. Su melena al estilo de Debbie Harry es de un rosa pálido esta semana; le añadió un tinte de champán a su habitual platino, lo que hace que su piel clara resplandezca. Es tan hermosa que duele.

Me obligo a salir.

Sé que el bar le es familiar y que tiene muchos amigos allí. También tiene a sus compañeros de banda, entre los que se incluye su hermano. Todos deberían cuidar de ella. Pero hay alcohol de por medio. Posiblemente drogas. Y sé que no soy el único *mudak* que alberga pensamientos perversos sobre lo que le gustaría hacer con la enigmática cantante de los Story-tellers.

Los miembros de la banda a veces se quedan a beber después de que cierre el local de Rue, lo cual es legal ya que están en la nómina del bar. Esas noches, me siento en mi Yukon Denali y espero hasta ver que Story se sube con seguridad a la furgoneta de la banda o se marcha con alguien que conoce.

Esta noche, todos salen con sus *groupies* después de mí. No tendré que esperar mucho.

Pronto estará fuera de mi vista, a salvo. Podré volver al ático y comenzar la cuenta atrás hasta que toque la próxima semana otra vez.

Camino hacia mi vehículo y apoyo el antebrazo en el capó, esperando para asegurarme de que sale de aquí sana y salva.

Story zigzaguea mientras atraviesa el aparcamiento con sus Doc Martens, obviamente afectada por el alcohol. Sus medias de rejilla tienen un roto en un muslo que me hace querer terminar el trabajo. Rasgarlas por completo y lamer mi camino hasta la cima de esas piernas bien formadas. Solo que no tengo lengua con la que lamer.

Blyad!. No he estado con una mujer más de dos veces desde que me la quitaron. No sé cómo le haría el amor a Story sin la maldita punta de mi lengua.

Su hermano, el mujeriego de la banda, tiene una chica atractiva bajo cada brazo y camina detrás de su tambaleante hermana hacia la furgoneta. Su furgoneta, creo. Al menos, él suele conducirla.

Ella tiene un pequeño coche Smart con el que aparece de vez en cuando.

Flynn le dice algo a Story y se desvía de la furgoneta, llevándose a sus dos citas.

—¿Qué? Espera... Flynn... ¡no puedes! —le grita Story a su espalda.

Él la ignora.

—He bebido demasiado para conducir a casa.

Flynn ni siquiera está escuchando. Está diciendo algo a las chicas, y ellas responden con risitas.

El resto de su grupo se ha dispersado hacia otros vehículos, dejando a Story sola con la furgoneta.

Borracha.

Blyad!. No soy quién para ir y decirle que no conduzca ebria. De nuevo, obviamente no... *no puedo* decirle una mierda a nadie.

Pero no me gusta.

—¡Flynn! —llama Story a su hermano—. ¿No puedes llevarme primero?

—Yo también he estado bebiendo —dice, aunque creo que probablemente está en mucho mejor estado que su hermana.

Me aparto de mi vehículo para mostrarme. Levanto mis llaves y señalo el Denali. Es lo más cerca que he estado de comunicarme en un jodido tiempo muy largo. Normalmente ni siquiera lo intento. De esa manera la gente deja de intentar conectar conmigo. De incluirme. De esa manera, me vuelvo invisible.

Tan invisible como puede ser un tipo de un metro noventa y ocho, y ciento veintisiete kilos.

Story me ve y duda. Puedo ver que ha entendido mi oferta. Lo está considerando.

Una parte de mí quiere que lo rechace. No debería subirse a coches con hombres que realmente no conoce. Es decir, me conoce del bar, pero podría ser cualquier tipo de degenerado.

Pero sus hombros se hunden en derrota. Levanta sus llaves y me las muestra.

—Oleg... ¿puedes llevarme a casa? —balbucea.

Quiere que conduzca su furgoneta.

Asiento, moviéndome antes de que mi cerebro haya considerado siquiera las consecuencias.

Esto requerirá conexión. Intentos de conversación. Silencios incómodos llenos, muy probablemente, de miradas esquivas y el olor metálico del miedo. Eso es lo que ha pasado antes cada vez que alguien tan bueno como Story se acerca demasiado a mí. Joder, odio eso.

Asusto a la gente. Soy grande, amenazante, cubierto de tatuajes de la bratva y de prisiones siberianas, y no puedo hablar porque mi último empleador me cortó la lengua para evitar que revelara sus secretos. Respiro intimidación. Parezco capaz de matar a un hombre con mis manos desnudas sin sudar.

Y lo he hecho. Muchas veces.

Soy el ejecutor de la bratva.

Story tropieza un poco cuando llego, y la sujeto del codo,

estabilizándola. Se apoya en mí, dándome una sonrisa desenfocada.

—Gracias por rescatarme. Sabía que lo harías.

Intento ignorar el efecto de sus palabras en mi corazón latiente. La forma en que hacen que bombee doblemente, luego salte un latido, y después se acelere de nuevo.

Sabía que lo haría.

Bueno, genial. Porque de alguna manera pensaba que estaba a un suspiro de llamar a la policía para denunciarme por acoso, pues había estado en los conciertos de la hermosa cantante principal cada semana durante un año.

No planeé convertirme en el acosador de Story Taylor.

Solo me gusta verla actuar cada semana. No sé cuándo me obsesioné. ¿La primera vez que los vi tocar?

No, entonces fue cuando me convertí en admirador. Cuando supe que quería tener su cuerpecito esbelto debajo del mío para hacerla gritar de placer.

¿La tercera vez?

Quizás.

Ahora es mi adicción, eso es todo lo que sé. No quiero ir. Me jode que los tíos de mi célula bratva se hayan dado cuenta y quieran ayudarme a ligar con ella. Quiero seguir siendo invisible. Un muro de hormigón que nadie puede leer. Me cerré cuando de repente me encontré en prisión sin lengua. Aprendí a comunicarme con los puños y dejé de intentar cualquier otra forma de conexión. Pero ella es mi debilidad.

No puedo mantenerme alejado.

No puedo evitar ser el primero en llegar y el último en irme los sábados por la noche. No quiero preocuparme por nada, especialmente no por una perfecta desconocida que no tiene ningún interés en un gigante y mudo hombre fuerte.

Pero aquí estoy.

Otra vez.

Incapaz de apartar la mirada de su hermoso rostro. O

mantenerme alejado de ese cuerpo que está para morirse y del que quiero dar placer a cada centímetro. O siquiera pensar en dejarla desprotegida ya que nadie se metería conmigo.

Le quito las llaves de la mano, abro la puerta del copiloto de la furgoneta y la subo con mis manos en su cintura. Me encanta la sensación de su firme carne bajo mis palmas. Sostener todo su peso, tener el control de ello.

—¡Oh! —Mi ayuda la sobresalta y deja escapar una risita entrecortada—. Gracias. —No suele estar borracha como ahora. A menudo toma una sola copa durante toda la noche mientras los demás se emborrachan. Esta noche ha sido una excepción.

Cierro la puerta y los ojos, obligando a mi polla a calmarse. A dejar de reaccionar como un adolescente cada vez que la toco. Huele dulce, como a margaritas y vainilla.

Sé que no es mía.

Nunca será mía.

Sin embargo, una parte de mí se niega a entenderlo. Una parte de mí la reclamó la primera vez que la vi.

Entro en la furgoneta, la arranco y luego la miro encogiéndome de hombros para pedirle direcciones.

—Oh, eh, aquí. —Saca su teléfono y abre la aplicación de Google Maps. Introduce una dirección y la voz automatizada comienza a dar indicaciones—. Esto es más fácil que intentar decírtelo yo —balbucea. Agita una mano erráticamente en el aire. —Podría equivocarme o algo.

Coloco el teléfono en la consola central y sigo las indicaciones. Su apartamento está a unos kilómetros del bar, en un barrio decente. Encuentro un lugar para aparcar calle arriba, apago la furgoneta y le entrego las llaves.

Ahora sé dónde vive.

Lo que es un gran problema.

A propósito, nunca la seguí. Eso definitivamente cruzaría

la línea hacia el territorio de acosador. Pero ahora que lo sé...
Joder.

¿Seré capaz de mantenerme alejado? Necesitaré saber que está segura cada vez que salga de su apartamento, no solo del bar.

Maldita sea.

Probablemente no.

Esto va a ser un problema para mí. Y para ella.

Para los dos.

STORY

No sé por qué no se me ocurre hasta que me entrega las llaves que Oleg ahora no tiene forma de volver a casa. ¡Ha dejado su Denali en el bar!

Pues claro.

Parece que tendrá que pasar la noche. Mmm... qué raro.

No me arrepiento. He considerado llevármelo a casa antes. Es decir, estaba ciento cinco por ciento segura de que vendría si se lo pedía. Es mi fan más devoto, después de todo.

Me mira de una manera que me hace sentir cálida y cosquillosa. Me protege como si fuera mi guardaespaldas personal, poniendo su cuerpo entre el mío y cualquier espectador borracho que se acerque demasiado.

Me emociona tocar en Rue's cada semana sabiendo que el grandulón tatuado estará allí, que está en el público por mí. Sabiendo que no me quitará los ojos de encima.

Creo que la única razón por la que nunca lo intenté antes es porque entonces lo que tenemos se acabaría. Se convertiría en otra de mis relaciones de corta duración, y nunca podríamos volver a esto. Y me encanta tener un guardaespaldas-fan silencioso que siempre está ahí.

¿Y si tuviéramos sexo y lo odiáramos?

Entonces dejaría de venir. Eso lo convertiría en un capullo, por supuesto, pero estoy en una burbuja donde todavía puedo fantasear.

¿O qué pasa si se volviera espeluznante? No me da esa vibra, pero no soy estúpida. Es una posibilidad. De alguna manera, me siento segura con él. De alguna manera, siento que nunca me haría daño.

Pero sobre todo no quiero que se convierta en uno de esos tíos con los que me enrollo, salgo durante unos meses y luego los dejo antes de que las cosas se pongan serias. Mi hermana pequeña dice que es un mecanismo de seguridad. Los dejo antes de que puedan dejarme. Probablemente tenga razón.

En fin, lo que sé es que Oleg es diferente a esos chicos. Especial.

Lo considero ahora. ¿Le invito a entrar? ¿O le doy las gracias por traerme y le pregunto si quiere que le pida un Uber?

De alguna manera, sé que, si eligiera lo segundo, se alejaría sin intentar nada. Quiero decir, todos estos meses, y nunca ha intentado ni una vez que me vaya a casa con él o incluso quedar. No me ha pedido mi número ni me ha dado el suyo.

Simplemente aparece. A la misma hora cada semana.

Fiable como nadie más en mi vida ha sido realmente.

Y sí, sé que no puede hablar para invitarme a salir. Annie, la camarera de Rue's me lo dijo cuando empezó a venir. Dijo que normalmente pedía señalando la cerveza de otra persona. Ni siquiera sabía que era ruso hasta que sus amigos vinieron con él y nos presentaron.

Es esa comprensión la que me hace estar segura de que no hay peligro. No se va a poner raro. Se iría si le dijera que se fuera. Me respetaría profundamente.

Ya lo sé porque me he trepado a este tío como si fuera un

árbol durante mis actuaciones. Es una de mis cosas favoritas. Hago un gesto con el dedo desde el escenario, y él se levanta de su asiento y se coloca debajo, para que pueda hacer un salto volador de *Dirty Dancing* hacia sus manos. O subirme a sus hombros o caer en sus brazos en un transporte de recién casados. Puedo contar con el tío para que me atrape y me lleve mientras canto. Se ha convertido en parte del espectáculo. Los miembros de la banda y mis fans ahora lo esperan. Sé que Oleg nunca me dejaría caer.

—Vamos —le digo.

Él vacila, mirándome con tanta sospecha que me hace reír.

—Tienes que acompañarme a la puerta. —Sueno más borracha de lo que estoy.

Parpadeo. Un segundo está a quince pies de distancia al otro lado de la furgoneta, al siguiente está junto a mi codo, sosteniéndome cuando no camino en línea recta por la acera.

Abro la puerta del edificio.

Oleg no se mueve.

—Tienes que acompañarme hasta mi apartamento —le digo—. ¿Y si alguien intentara meterse conmigo en la escalera?

Sus cejas se fruncen bruscamente.

Vale, quizás no estoy tan sobria como creo. Eso sonó realmente estúpido.

—Eres mi guardaespaldas —afirmo.

Es un hecho que él ya conoce, ya que se ha autoproclamado como tal.

Subimos tres pisos por la antigua casa de piedra rojiza hasta mi planta, y saco mis llaves para encontrar la correcta. Cuando abro la puerta, Oleg da un paso atrás. Es enorme: hombros anchos, pecho como un barril, brazos como troncos de árbol. Su pelo castaño oscuro está cortado al cero, al igual que su barba.

—¿Quieres entrar?

Su ardiente mirada marrón recorre mi cuerpo de arriba abajo, pero niega con la cabeza. Me sorprende lo mucho que me decepciona su rechazo. Quiero decir, supongo que pensaba que era algo seguro. No es posible que haya malinterpretado esto, ¿verdad?

Me giro hacia él e inclinándome, me pongo de puntillas para echarle un brazo alrededor del cuello y levantar mi cara hacia la suya.

—¿Por qué no?

Se queda inmóvil, y su gran cuerpo se pone rígido.

Si no sintiera su erección presionando contra mi vientre, pensaría que no está interesado. Pero lo está.

—¿Por qué te contienes? —susurro. Tiro de su cabeza hacia abajo y cierro mis labios sobre los suyos, saboreándolo.

Permanece rígido durante un segundo.

Dos.

—Por favor —le pido, necesitando que sepa que quiero esto.

Y entonces cobra vida. Mi espalda golpea contra la pared junto a mi puerta mientras Oleg libera meses de atracción contenida entre nosotros. Una de sus robustas manos agarra mi trasero, la otra captura mi nuca, y reclama mi boca como si fuera su última oportunidad de respirar.

Mi interior instantáneamente se vuelve incandescente. Me froto contra la pierna que ha metido entre las mías, devolviéndole el beso con tanta necesidad frenética como la que él me da. No siento su lengua, pero uso la mía, probablemente de manera demasiado torpe. Amasa mi trasero, ayudándome a restregarme contra su pierna.

Extiendo la mano para abrir mi puerta y luego agarro un puñado de la camiseta negra de Oleg, esa que se estira sobre sus anchos hombros y sus pectorales cincelados, e intento arrastrarlo hacia mi apartamento.

Intentar es la palabra clave aquí.

Porque Oleg no se mueve.

El pulso entre mis piernas me pone inquieta.

—Entra —le animo.

Niega con la cabeza.

¿Qué... demonios?

—Oleg, entra —ahora suena más como una orden. Es decir, este tío está interesado en mí. Va a darme lo que necesito, ¿verdad?

Vuelve a negar con la cabeza y luego imita el gesto de beber.

Oh, joder.

¿En serio?

—¿No quieres tocarme porque he estado bebiendo?

Asiente.

¿Es así de caballero?

—Eso es... dulce.

Realmente, muy dulce.

—Y molesto. Oleg, no puedes hacerme esto —razono, tirando de puñados de su camiseta—. Ese beso me ha puesto a cien. No puedes dejarme así de necesitada. No es justo.

Sus cejas vuelven a bajar. La mandíbula se le tensa. Se limpia el labio inferior con el pulgar y sus ojos bajan a mi boca. Puedo verle luchando internamente. El tipo que me respeta frente al tipo que no quiere negarme nada. Y también está el tipo que va a quedarse con dolor de huevos. Porque sentí su erección, y estaba dura como una roca.

Como antes, en el momento en que toma su decisión, entra en acción. Me empuja hacia atrás, dentro de mi apartamento de un dormitorio, luego cierra la puerta de una patada y la bloquea.

—Sí, Oleg.

Dejo caer mi bolso, me quito la chaqueta de un tirón y me lanzo otra vez a por sus labios. Nos besamos como si fuera una competición para ver quién devora al otro primero. Todavía sin lengua por su parte, sin embargo. Como si también fuera demasiado caballero para eso. Me levanta, con su antebrazo bajo mi trasero, y envuelvo su grueso tronco con mis piernas. Gira en círculo para orientarse y luego elige correctamente la puerta de mi dormitorio, donde me lleva y me deja caer en el centro de la cama.

En el momento en que estoy tumbada, desgarra el agujero de mis medias de red, como si destrozarlas fuera un crimen premeditado, y luego arrastra su boca abierta a lo largo de mi muslo interno hasta que llega al borde de los pantalones cortos que llevaba sobre las medias. Allí, muerde la tela y tira. El calor de su aliento abanica sobre mi centro.

—Ansioso, ¿eh? —pregunto con una risa. Él gruñe en respuesta. Ese sonido... joder, hace que mi coño se derrita.

Me apresuro a desabrochar los pantalones cortos, empujándolos hacia abajo por mis caderas. Él toma el relevo, tirando de ellos hacia abajo de mi cintura, junto con las medias de red.

Me río cuando llega a mis botas.

Hace un sonido de descontento y tira de sus cordones. En unos segundos, me las quito con los dedos del pie, y estoy desnuda de cintura para abajo.

Oleg agarra mis dos piernas y me arrastra hacia abajo en la cama. Es un amante agresivo; muy diferente de cómo había imaginado que sería, pero me encanta. Es decir, estoy totalmente entregada. Mordisquea y besa mi centro, pero por alguna razón, no usa la lengua. Quizás le da asco lamer ahí abajo.

En su lugar, pasa uno de sus grandes dedos por el interior de su mejilla para humedecerlo y luego frota mi entrada.

Ya estoy húmeda por la forma en que me ha manejado, y su dedo se desliza directamente dentro.

Normalmente no me gusta que me follen con los dedos.

Los dígitos son demasiado pequeños. Y no lo suficientemente suaves. Demasiado puntiagudos.

Pero el dedo de Oleg es enorme. Tan grande como el pene de un tío normal. Y, *oh, cómo se siente usarlo.* Empuja un par de veces, luego mete un segundo y comienza a acariciar mi pared interior.

Mi boca se abre de placer cuando encuentra lo que debe ser mi punto G. Mis muslos se contraen y golpean contra sus anchos hombros. Acaricia y hace círculos sobre el manojo de nervios hasta que soy un desastre tembloroso, luego comienza a follarme con los dedos dura y rápidamente.

—Oh, Dios —jadeo, agarrando su brazo libre como si estuviera desesperada por tener algo a lo que aferrarme durante este viaje salvaje.

Mete la mano bajo mi camiseta y empuja la copa de mi sujetador hacia abajo. Me sorprende cuando pellizca mi pezón con fuerza. Mis caderas se elevan de la cama en respuesta, tomando sus dedos más profundamente.

Sacudo la cabeza en la cama. Tan cerca.

Hace un sonido en la parte posterior de su garganta y me folla más rápido. Su pulgar se desliza sobre mi clítoris cuando bombea sus dedos, y exploto como un petardo, estallando en placer y teniendo mi primer y único orgasmo solo con dedos.

—¡Oh, Dios mío! —repito, con los músculos aún temblando y espasmos.

Alucinante.

—Eso ha sido una locura. Tan bueno. —Froto el bulto de su polla en sus pantalones. —Definitivamente estoy lista. Ha sido el mejor juego previo de mi vida.

Pero Oleg se aleja de la cama y niega con la cabeza.

—¡Oh, Dios mío! ¿En serio? —Me levanto y lo sigo en mi estado casi desnudo. —¿Por qué no? ¿Porque he estado bebiendo? He recuperado la sobriedad. —Parece una locura suplicar por sexo. No es mi escenario habitual. Ni de lejos.

Sale de mi dormitorio hacia la zona de cocina y salón. Abre los armarios hasta que encuentra un vaso, luego lo llena con agua y me lo entrega.

Dejo escapar un bufido de protesta, pero lo acepto porque es increíblemente... dulce. ¿Este tío es de verdad?

Esa dulzura contrasta tanto con lo rudo que fue en la cama, y encuentro la combinación embriagadora. Como la sal marina con chocolate. No crees que combinen hasta que los pruebas, y luego te preguntas por qué no todo tiene sabor a chocolate con sal marina. Quiero más de Oleg. Todo él.

Mira el vaso de agua y luego levanta la barbilla, cruzando los brazos sobre el pecho.

—Esa pose autoritaria no funciona conmigo —le digo, conteniendo una sonrisa. Quiero sentirme exasperada, pero no puedo. Mi acosador ruso es tan respetuoso y protector como pensaba que sería.

Me bebo todo el vaso de agua y lo dejo sobre la encimera. Arquea una ceja como diciendo: "¿Ves?"

Pongo los ojos en blanco.

—¿Estamos bien? ¿Quieres volver al dormitorio?

Niega con la cabeza, pero se acerca a mí. Mis extremidades se aflojan, su cercanía me convierte en gelatina. Pero entonces me lanza sobre su hombro, dándome una palmada en el trasero desnudo mientras me lleva de vuelta al dormitorio.

—¡Oh! —me río—. Azótame, papi.

Se agacha para bajar las sábanas y luego me tumba con tanto cuidado que me entran ganas de llorar. Mi trasero hormiguea por la palmada.

¿Quién es este tío?

¿Por qué no lo traje a casa antes?

Tira de las sábanas y me arropa, luego roza mi mejilla con

el dorso de sus dedos, mirándome con la misma intensidad con la que ve mi espectáculo. Como si fuera el único ser humano en todo el mundo. Cuando estoy en el escenario, eso alimenta mi actuación. Pero ahora mismo, hace que mi corazón lata con más fuerza. Es demasiado íntimo. Ligeramente aterrador.

Pero entonces se acaba porque se marcha. Sé que no puede hablar, pero no hay ni un gesto ni un saludo. Simplemente se va. Oigo la puerta principal abrirse y cerrarse. Estoy segura, sin comprobarlo, de que giró el cerrojo de la manija antes de cerrarla para asegurarse de que estoy a salvo.

Acerco las sábanas y me acurruco en mis almohadas.

—Ruso loco —susurro para mí misma, con una sonrisa en los labios. Todo mi cuerpo vibra por nuestro interludio.

Quiero más de él. Mucho más. Pero también ya estoy decepcionada porque rompimos el sello de nuestra relación, porque sé por experiencia que no durará mucho. Soy del tipo que no se queda. Huyo tan pronto como las cosas se ponen serias. No sé. Me entra esta ansiedad en la boca del estómago. Lo considero mi guía interior para cuando es hora de cortar. Para no acabar destrozada por el amor como siempre le pasaba a mi madre.

Todavía le pasa.

Esto terminará en cuestión de semanas, como todas mis relaciones, y luego se acabará. Y entonces nunca podré volver al placer de ir a una actuación donde Oleg estará allí observando. Deleitándome con el calor de su mirada sobre mí toda la noche.

Sabiendo que hay al menos una persona entre el público que está loca por mí.

En fin. Fue bonito mientras duró.

CAPÍTULO 2

*O**leg*

No tengo forma de volver a casa. Podría enviar un mensaje a alguno de los chicos de mi célula, pero son casi las cuatro de la madrugada.

Podría usar una aplicación de transporte compartido, pero significaría interactuar con otra persona. Algo que detesto. Decido caminar. Son solo unos pocos kilómetros. Hace un frío tremendo, pero soy de Rusia. El frío no me molesta, especialmente cuando puedo usar la temperatura para refrescarme después de lo que acaba de suceder.

El aroma dulce a vainilla de Story todavía permanece en mi camisa.

Me subo la cremallera de la chaqueta de cuero y meto las manos en los bolsillos. Mi mente sigue llena de imágenes de Story llegando al clímax bajo mis manos. Ha sido la visión más hermosa que he visto jamás. Como ese primer golpe de una droga, ahora estoy completamente adicto. No sé cómo voy a esperar una semana entera para verla de nuevo. Cómo me conformaré con solo mirar ahora que la he tocado.

Pero no soy lo bastante estúpido como para pensar que puedo tener a Story.

Conservar a Story.

Soy un hombre con un pasado muy peligroso. Un pasado que podría alcanzarme en cualquier momento. Uno que haría daño a las personas que he llegado a apreciar (mis hermanos de la bratva) y probablemente significará el fin de mi vida.

No soy seguro para Story, incluso si tuviera la suerte de que ella quisiera a alguien tan roto como yo.

Rebobino los recuerdos hasta el momento en que subí a la furgoneta con ella, queriendo revivir cada minuto que estuvimos juntos. Esta indulgencia me cuesta cara.

Muy cara.

Porque no me doy cuenta de que hay alguien más alrededor.

El dolor explota en la parte posterior de mi cabeza cuando me golpean por detrás. Me ponen una bolsa sobre la cara mientras caigo hacia delante, aterrizando pesadamente sobre una rodilla. Intento quitármela, para ver a mis atacantes, pero el golpe en mi cráneo me desorienta y caigo de costado antes de poder arrancarla.

El frío metal de una pistola presiona contra mi sien.

—No te muevas. —Las palabras son en ruso.

Blyad'.

Me han encontrado.

Siempre supe que este día llegaría. Lo sabía, pero que ocurra esta noche, la noche en que pude ver a mi pequeña *lastochka* llegar al orgasmo, lo convierte en una tortura especial. La noche en que me dan una ardiente razón para vivir.

—Levántate —susurra una voz diferente.

—¿Quieres que no se mueva o que se levante? —discute una tercera voz— No parece muy listo. ¿Por qué confundir al tipo?

Sí, cada *mudak* se cree que es un comediante.

Varios pensamientos se conectan en mi cerebro. Si quisieran matarme, si trabajaran para Skal'pel', ya estaría muerto. Así que eso significa que estos idiotas trabajan para alguien que va tras Skal'pel'. Alguien que quiere lo que hay en mi cabeza. Lo que significa que tienen órdenes de llevarme vivo.

El golpe que recibí en el cráneo dificulta mi concentración, pero soy un tipo grande. Todavía puedo lanzar mi peso. Me pongo de pie, lanzándome hacia atrás contra el tipo que sostiene la pistola. Como predije, no dispara.

Lo derribo de espaldas, cayendo con todo mi peso en medio de su cuerpo. Su brazo con la pistola se extiende hacia un lado, pero no consigo agarrar la pistola antes de que caiga al suelo fuera de mi alcance.

Me quito la capucha de la cabeza y me giro para darle un puñetazo en la cara para asegurarme de que se quede en el suelo y luego voy por la pistola. Demasiado tarde: ya ha sido recogida por *Mudak #2*.

—¡Dispárale en la rótula! —sugiere *Mudak #3*, el comediante. Estos tipos nunca llegarían a ninguna parte en la célula de Ravil. Carecen de la organización y disciplina de la bratva. Y de inteligencia.

Mudak #2 intenta dispararme en la puta rodilla. Mi puño golpea su garganta al mismo tiempo que aprieta el gatillo. La bala me roza la pierna. Al menos espero que sea solo un roce. Siento una línea ardiente a lo largo de mi muslo exterior.

La pistola cae al suelo con estrépito.

Se encienden las luces de las ventanas en los edificios que nos rodean. Alguien grita desde arriba que ha llamado a la policía.

—¿Qué coño estás haciendo? —*Mudak #1* ha vuelto en sí.
—No se supone que tengas que dispararle.

Todavía estoy intentando alcanzar la pistola (un error)

cuando siento un pinchazo agudo en la parte posterior de mi cuello.

¡Una puta aguja!

Me han drogado. Tengo que actuar rápido. Giro y golpeo a *Mudak #1* en la sien con el dorso de la mano. Se tambalea, y le golpeo la boca con mi puño izquierdo, luego la nariz con el derecho, luego la mandíbula con el izquierdo otra vez, y cae al suelo.

El mundo ya empieza a dar vueltas. No puedo distinguir si es por la lesión en la cabeza, por las drogas o por ambas. Tengo que escapar antes de desmayarme.

Me olvido de la pistola y mis aspiraciones de eliminar a estos tipos. La policía está en camino, y ahora hay unas docenas de testigos mirando a través de sus ventanas. Los dos cabrones que quedan en pie intentan derribarme al mismo tiempo, lo que me da la ventaja. Agarro la garganta de uno de ellos con la mano y lo hago girar para golpear la cabeza con el otro tipo. Cuatro puñetazos más y están en la acera.

Mi visión se desvanece por los bordes. Tambaleo, corriendo, casi cojeando en dirección al edificio de Story. Pero no lo conseguiré. Solo necesito encontrar un lugar donde esconderme antes de desmayarme. Antes de que llegue la policía.

¿Esas son sirenas?

Mi visión tiene vetas. No puedo enfocar. Tropiezo y caigo contra algo. Un coche.

No, una furgoneta.

Joder, es la furgoneta. ¿Podría ser la furgoneta de Story?

Manoseo la puerta trasera, pero mis dedos no funcionan.

O quizás es porque está cerrada.

No, mis dedos funcionan ahora. La puerta se abre. Fui un idiota por no asegurarme de que estaba cerrada cuando llegamos. El interior está lleno de amplificadores y altavoces.

El equipo de sonido. La guitarra de Story. Ni siquiera sé cómo es posible que haya encontrado la furgoneta.

El milagro de que estuviera abierta. No hay espacio, especialmente para un tipo grande como yo, pero me subo de todos modos.

No estoy seguro si logro entrar del todo. Definitivamente no consigo cerrar la puerta. Me desmayo, boca abajo sobre los altavoces, con la cabeza partiéndose de dolor.

~

Story

Sueño que estoy en el escenario del local de Rue. Oleg me observa desde su mesa habitual frente al escenario. Estoy actuando para todos, pero su atención es el combustible que impulsa mi espectáculo. Me da valor para ser alocada y arriesgarme. Me siento más yo misma bajo su atenta mirada. El ruido de la multitud se desvanece, y cobro vida. Puedo ser más yo misma.

Solo que esta vez, ocurre algo. Un grupo de chicas sube al escenario y distrae a mi hermano en medio del set. Estoy cabreada con él por ser un mujeriego y permitir que sus conquistas interfieran con la banda. Estoy tan enfadada que empujo el micrófono contra el soporte y les hago un corte de mangas a todos.

El público se vuelve loco, gritándome que continúe. O quizás le gritan a Flynn, no puedo distinguirlo. Todo ello me enfurece.

Y entonces Oleg está ahí, al borde del escenario. Levanta sus brazos, y yo salto, confiando en que me atrapará. Sus grandes manos abarcan mi cintura, y me baja al suelo con facilidad. Luego toma mi guitarra, me carga sobre su hombro y me da una palmada en el culo mientras sale por la puerta.

Me despierto con una sonrisa traviesa dibujada en mis labios.

Oleg hizo eso. Anoche.

Me cargó sobre su hombro y me dio una palmada en el culo. Luego me llevó a la cama.

¿Por qué ese recuerdo me excita incluso más que el orgasmo que me dio? También está la forma en que me empujó contra la puerta y acarició mi sexo como si le perteneciera.

Oleg tiene un lado dominante. Mi hombre grande es también imponente en la cama. Quizás es su manera de expresarse. Si me hubieras preguntado ayer qué me gustaba, nunca en un millón de años habría nombrado eso. Salgo con músicos. Artistas. Chicos suaves y elocuentes que fuman marihuana y filosofan sobre el medio ambiente y la justicia social. Cosas que a mí también me importan.

Salgo con chicos que son como yo. O como mi hermano menor, no tan pequeño. Es un tipo conocido. Chicos que parecen encajar conmigo. Con mis amigos. Con mi estilo de vida bohemio.

No con tipos como Oleg. Nunca gigantes rusos tatuados con modales caballerosos, pero extremadamente dominantes.

Pero me *encantó* la forma en que me tocó.

Estoy avergonzada de haber intentado que tuviera sexo conmigo y molesta porque se negó.

Y también estoy algo enfadada porque no dejó su número ni me pidió el mío.

Pero estará allí la próxima semana.

Lo sé con certeza. Ha estado allí cada semana durante el último año. Y viene por mí.

Y todos estos pensamientos sobre Oleg aún no niegan mi pensamiento más triste: ahora que hemos empezado este camino, estamos en la vía hacia el final. Porque así es como funcionan las cosas para mí. No mantengo relaciones a largo plazo. No me gusta depender de las personas porque he aprendido por experiencia que siempre me decepcionan. Mis padres me querían profundamente, pero desde luego no podía contar con ninguno de ellos para que estuvieran ahí cuando los necesitaba. Mi madre siempre fue un desastre, y mi padre a menudo se dejaba llevar por las fiestas y las mujeres, igual que Flynn ahora.

Me levanto de la cama, feliz de descubrir que no tengo la más mínima resaca.

Debería ducharme y desayunar, pero lo único que quiero es coger mi guitarra. Oleg despertó a mi musa, y necesito tocar. Quizás incluso componer por una vez. Han pasado dieciocho meses desde que escribí una canción original.

Me pongo un pantalón de pijama y botas, y me echo una chaqueta sobre la camiseta que aún llevo puesta de anoche. Las llaves de la furgoneta de la banda están justo al lado de la puerta porque Oleg es un auténtico príncipe.

Dejo la puerta sin cerrar con llave y bajo las escaleras corriendo para salir por la puerta principal.

El aire matutino de marzo es gélido, y me abrocho la chaqueta mientras busco la furgoneta. La encuentro media manzana más abajo. Sin embargo, al llegar, jadeo. Mi corazón empieza a latir con fuerza por una descarga de adrenalina.

Dios mío.

Joder, joder, joder.

Algún cabrón ha forzado la furgoneta. ¡La puerta trasera está ligeramente entreabierta! Todo nuestro equipo de sonido estaba ahí. ¡Y mi guitarra! Flynn se volverá loco. Yo me estoy volviendo loca.

Estremeciéndome, abro la puerta de golpe.

Y jadeo por segunda vez.

—¿Oleg?

Dios mío. Oleg está boca abajo sobre el equipo. Una de sus perneras está empapada de sangre. Mierda santa, ¿está muerto?

Toco su tobillo y encuentro su piel fría. Joder, podría haberse congelado anoche.

¿Lo hizo?

Me lanzo dentro y tiro de su cuerpo masivo, tirando de su brazo e intentando moverlo.

Se mueve.

—Oh, gracias a Dios. Pensé que estabas muerto. ¿Oleg?

Apenas levanta la cabeza, gime. No estoy segura de que me reconozca.

—Dios mío. ¿Qué te ha pasado? Necesito llevarte a un hospital.

Eso parece despertarlo porque inmediatamente se incorpora, golpeándose la cabeza contra el techo de la furgoneta. Gime y la deja caer entre sus manos, sentándose en un altavoz.

—Vamos, te llevaré a un hospital.

Esta vez gruñe y sacude la cabeza diciendo que *no*.

—¿No? ¿No quieres ir?

Un no muy enfático porque sus ojos inyectados en sangre se encuentran con los míos y me sostienen la mirada. Vamos, no podría estar más claro. No quiere ir a un hospital.

—¿Por qué no? ¿Eres... ilegal? ¿Tienes miedo de que te deporten?

Sacude la cabeza de nuevo y se tambalea hacia adelante, bajando con dificultad de la furgoneta. Cae sobre una rodilla y luego sobre un hombro de costado por el dolor.

—Oleg, estás sangrando. No sé cuánta sangre has perdido ya. Necesito conseguirte ayuda.

No.

Juro que casi puedo oír la palabra en mi cabeza, la

proyecta con tanta fuerza. Lucha por ponerse de pie de nuevo, negando con la cabeza.

Lágrimas de frustración pinchan mis ojos. No soy del tipo que simplemente ignora los deseos de alguien, pero tampoco estoy segura de que sea capaz de tomar una decisión sensata en este momento.

—¿Qué te ha pasado? —pregunto de nuevo, lo cual es estúpido porque sé que no puede hablar.

Llego a la única otra opción que tiene sentido.

—Tienes que entrar. ¿Puedes hacerlo?

Da un paso adelante, pero su pierna cede. Su rostro se contorsiona con evidente dolor. Mira hacia abajo, a la tela empapada de sangre, como sorprendido.

Luego inspecciona la zona, aunque no estoy segura de que pueda enfocar bien.

Cierro las puertas de la furgoneta de golpe y las bloqueo, luego me pego a su costado, colocando su brazo alrededor de mis hombros para poder sostenerlo.

—Vamos. Te llevaré a mi casa, ¿vale?

Él me permite guiarlo hasta el edificio.

Tardamos una eternidad en subirlo por tres tramos de escaleras. Casi estoy al borde de las lágrimas todo el tiempo porque él está sufriendo un montón de dolor, con un pequeño gemido escapándose con cada sacudida fuerte. Por suerte, ninguno de mis vecinos elige este momento para subir o bajar las escaleras, porque me resultaría difícil de explicar. Y de alguna manera, tengo la sensación de que lo que sea que le haya pasado a Oleg no es algo que él quiera que las autoridades sepan.

Cuando llegamos al último tramo de escaleras, Oleg se estampa contra la pared y pierde el equilibrio.

Grito por él y agarro su brazo con fuerza.

—Oleg, puedes hacerlo. Ya casi estamos. Esta es mi planta. Solo unos pocos escalones más.

Se tambalea al subirlos, y yo abro la puerta.

—Ven aquí. —Lo llevo al baño. —Necesito limpiarte.

Se apoya contra la puerta como si estuviera débil. No, como si estuviera mareado.

—¿Te golpearon en la cabeza?

Él lleva la mano detrás de su cabeza y hace una mueca cuando sus dedos la tocan.

—Oleg —gimo. Esta vez las lágrimas se me escapan.

La cabeza de Oleg se levanta de golpe cuando sorbo, y una expresión de alarma cruza su rostro. Extiende la mano. Su pulgar limpia bruscamente una lágrima de mi mejilla.

—No, está bien. Solo estoy llorando por ti. No sé qué pasó, y estoy asustada por ti. Y me siento mal porque estás sufriendo.

Las cejas de Oleg se fruncen. Está respirando con dificultad por el esfuerzo de subir las escaleras. Toma mi cara entre sus manos y apoya su frente contra la mía. Jadeamos juntos, mezclándose nuestro aliento. Su piel está fría contra la mía. ¡Dios, debe tener hipotermia a estas alturas!

Después de un momento, después de que su respiración se ralentiza, presiona sus labios contra mi frente.

Parpadeo rápidamente, todavía luchando contra las ganas de llorar.

—Vamos a quitarte esos vaqueros ensangrentados. —Desabrocho sus vaqueros y bajo la cremallera.

Apoya la cadera contra el mueble del baño (supongo que porque no puede mantenerse en pie por sí mismo) y me deja bajárselos. No silba ni se estremece cuando llego a su herida, pero estoy segura de que le duele.

Parece que le falta un trozo de carne. Hay un agujero en sus vaqueros por encima.

—¿Qué causó esto? ¿Una bala?

Oleg no confirma con un gesto o negación, pero estoy

segura de que tengo razón. No es que haya visto una herida de bala antes, pero esto tiene que ser eso.

—Creo que tuviste suerte —le digo. No creo que la bala haya afectado a nada importante. Dudo que siga dentro de él. Parece que solo rozó el costado de su pierna.

Sus vaqueros están pegajosos y rígidos por la sangre, lo que hace que sea más difícil quitárselos, pero logro bajárselos hasta los pies, luego le ayudo a sacarse las botas para poder quitárselos del todo.

—Eh, estoy pensando en un baño para limpiar la sangre y calentarte. —Miro la herida. Tal vez sea una mala idea. —¿O suena terrible?

Él se quita la chaqueta y la camiseta, lo que interpreto como que está de acuerdo.

Abro el agua caliente y pongo el tapón, luego le ayudo a quitarse la camiseta.

Su pecho es espectacular: un músculo sólido cubierto de vello y tatuajes. Se extienden por su cuello y bajan por sus brazos. Son marcas de algún tipo. Una rosa en su pecho. Un grillete en una de sus muñecas. Una daga con gotas de sangre. Si no supiera con total certeza que Oleg es seguro para mí, encontraría su apariencia intimidante. Imagino que eso es lo que busca.

Quiero trazar las líneas de cada uno de ellos y descubrir qué significan, pero ahora no es el momento. Engancho mis pulgares en la cintura de sus calzoncillos y los bajo hasta el suelo.

El miembro de Oleg se alarga ante mis ojos, e intento ignorarlo. Es una erección hermosa, pero este no es el momento adecuado.

Tomo su gran brazo para ayudarlo a llegar a la bañera. Pisa el agua con cuidado, lanzando una mano para agarrarse a la pared, como si se hubiera mareado de nuevo, y luego se hunde lentamente en el agua con un gemido.

—Oleg —susurro con voz quebrada.

Nunca podría ser enfermera. Me mata verlo dañado así. Me siento mareada y débil solo de verlo soportarlo. Como si mi cuerpo experimentara su dolor.

Apoya la cabeza contra los azulejos y cierra los ojos. No estoy segura de si se desmayó o no. Si debería despertarlo. ¿No dicen que con las conmociones cerebrales hay que mantener a la persona despierta? Claro que lo encontré inconsciente en la furgoneta, así que ese tren probablemente ya ha partido.

El agua se vuelve de un color naranja rosado por la sangre. Cojo una toallita para limpiarle la pierna, limpiando suavemente alrededor de la herida, pero evitando tocarla. Le echaré alcohol cuando salga.

Estoy de rodillas junto a la bañera, totalmente concentrada en intentar averiguar qué hacer por él cuando su mano se posa en mi espalda. Levanto la mirada y veo que tiene los párpados entreabiertos. Me acaricia la cadera.

Me está reconfortando. O tal vez agradeciéndome. Es difícil estar segura. Supongo que no importa; la energía es la misma.

—Siento que te haya pasado esto —digo, con la voz quebrándose al final—. Espero que no fuera por haberme llevado a casa.

Niega con la cabeza y sus dedos aprietan mi costado.

—¿Sabes quién te hizo esto?

Su mirada se desvía hacia la pared de azulejos. Está ignorando mi pregunta. Tengo la sensación de que lo hace a menudo. Ser mudo le permite evitar conversaciones.

Un fuerte tintineo desde el suelo me sobresalta. Es el teléfono de Oleg. Su expresión registra alarma. Me lanzo a por él, pensando que podría ser importante y lo encuentro en el bolsillo de sus vaqueros.

La pantalla muestra algo en letras rusas.

—¿Quieres responder?

Me lo arrebata de la mano, y pienso que debe ser importante, pero entonces estrella el teléfono contra el borde de la bañera tres veces hasta que se hace añicos en docenas de piezas.

Mi boca se abre de par en par, y me echo hacia atrás ante la repentina violencia del movimiento.

Oleg lo nota y levanta las manos, como para mostrar que no es una amenaza para mí.

—Dios mío —susurro, todavía conmocionada—. ¿Qué está pasando?

Me coge la mano y se la lleva a los labios, besándome los dedos suavemente antes de soltarla. Eso es un gracias. O tal vez una disculpa. Me está demostrando que no habrá violencia hacia mí.

Le acerco su mano a mi propia boca y le devuelvo el gesto.

—Voy a traerte ibuprofeno, ¿vale? ¿Estás bien aquí?

Asiente con la cabeza.

Hago una rápida evaluación de seguridad y decido que es demasiado grande para ahogarse en la bañera, incluso si se desmaya mientras estoy fuera, así que me marcho.

Cuando regreso, traigo un vaso de zumo de arándanos que tenía en la nevera porque supongo que probablemente no ha metido nada en el estómago desde la cerveza que bebió anoche.

Parece que se ha desmayado de nuevo.

—¿Oleg?

No se mueve. Su cabeza cae hacia un lado como si estuviera inconsciente.

Dejo el zumo y el ibuprofeno sobre la encimera, mientras mi corazón vuelve a acelerarse.

—¿Oleg? ¿Estás bien? —Pongo una mano en su hombro y con la otra le sujeto la cara, levantándola.

Hace un sonido, pero parece costarle un gran esfuerzo abrir los ojos. Cuando lo hace, tarda un rato en enfocar mi cara.

Le examino la parte posterior de la cabeza, donde se frotó antes. No tiene un gran chichón, pero hay un corte de unos cinco centímetros, como si lo que le golpeó lo hiciera con tanta fuerza que le partió la piel al impactar. Creo haber oído que cuando se trata de conmociones cerebrales, es preferible tener un chichón. La falta de un chichón es más problemática.

No me gusta que no tenga un bulto más grande. Me anoto mentalmente "buscar en Google" y también traerle una bolsa de hielo. Y alcohol.

—Toma, ¿puedes tomarte este ibuprofeno? —Acerco mi mano a su boca para dejárselos caer dentro.

No se mueve.

—Abre —le ordeno.

Sigue sin moverse.

—Es solo ibuprofeno, mira. —Abro la palma para mostrarle las tres pastillas. —Tengo Tylenol si lo prefieres.

Abre los labios un poquito. No lo suficiente como para que pueda dejar caer las pastillas.

—Abre más, Oleg.

Su mandíbula se abre un poco más y la conmoción atraviesa mi cuerpo como un rayo. De repente entiendo por qué no quería abrir la boca, y me dan ganas de llorar como un bebé.

A Oleg le falta la lengua.

Oh, Dios.

Parte de su lengua. Parece que alguien se la cortó por la mitad. *Por eso* no puede hablar.

Me cuesta todo el esfuerzo del mundo no mostrar mi conmoción. No caer de rodillas y llorar por él. Pero contengo el sollozo y dejo caer las pastillas en su boca, luego le ofrezco el vaso con zumo. Gotea agua en el suelo cuando levanta la mano para coger el vaso y se traga todo el contenido.

—¿Quieres más? ¿O algo de comer?

Niega con la cabeza. Ya tiene los ojos cerrados.

—Oye, déjame sacarte de ahí antes de que te desmayes otra vez. No me gusta la idea de que estés tumbado en agua fría.

Entreabre los ojos, pero no se mueve. Me arremango y meto la mano en el agua, buscando el tapón.

Su trasero está en medio. Deslizo la palma alrededor de la curva.

—Muévete un poco.

Gruñe mientras se mueve, y yo tiro del tapón.

—Vale, ahora me preocupa realmente sacarte de ahí. ¿Me puedes decir si eres capaz de ponerte de pie?

Apoya la cabeza contra la pared y cierra los ojos.

—Oleg. ¿Puedes salir de la bañera?

Asiente sin abrir los ojos.

—Lo siento. Solo quiero llevarte a mi cama antes de que te desmayes otra vez. ¿Vale?

Otro asentimiento.

Sigue sin abrir los párpados.

—¿Por favor?

El agua salpica cuando se mueve bruscamente. Es como si estuviera reuniendo fuerzas para moverse. Se incorpora pesadamente, apoyándose en la pared con la mano otra vez.

Deslizo la alfombrilla del baño para encontrarse con el lugar donde va a pisar cuando salga y luego me coloco a su lado para que pueda apoyarse en mí si lo necesita.

Consigue salir sin tambalearse, gracias a Dios. Cojo una toalla del perchero.

—Espera solo un segundo. —Rápidamente le seco, con cuidado de no desequilibrarlo. Él se sujeta a la pared, con una expresión estoica. Hago un trabajo a medias, pero es mejor que mojar la cama. Le enrollo la toalla alrededor de la cintura y luego paso mi brazo firmemente detrás de su espalda. —Muy bien, vamos a llevarte a mi habitación.

Le llevo allí y caigo en la cama con él, intentando acomodarlo. Se gira de lado y gime. Me acurruco frente a él, mirando su expresión de dolor, sin querer dejarlo.

Él me mira mientras yo le observo. El tiempo se alarga. Se detiene. No sé cuánto tiempo me quedo allí. Mucho después de que sus ojos se cierren y se desmaye. Entrelazo mi mano con la suya, sosteniendo sus dedos, deseando saber qué hacer.

CAPÍTULO 3

*O*leg
Despierto sin saber cuánto tiempo he estado inconsciente. Me quito las sábanas y trato de incorporarme. Espero a que la habitación deje de dar vueltas y mi estómago deje de revolverse antes de concentrarme y mirar a mi alrededor. Estoy desnudo, pero hay una venda de gasa pegada a mi pierna que cubre la herida de bala y mi ropa está doblada pulcramente en una silla. Story debe de haberme curado la herida y lavado la ropa en algún momento. Me pongo la camiseta, casi cayendo al suelo de agonía cuando el cuello pasa sobre el moratón de mi cabeza. Me tomo mi tiempo para ponerme los calzoncillos, sin confiar aún en poder mantenerme en pie.

Supongo que he estado inconsciente al menos veinticuatro horas, considerando que desperté durante la noche, y ahora es de día otra vez. Y era por la mañana cuando Story me encontró. Creo.

Story. Ha estado entrando y saliendo de la habitación, trayéndome más ibuprofeno y zumo. Tengo un vago recuerdo de ella tumbada a mi lado durante la noche, pero

33

eso podría haber sido solo una fantasía. Cada vez que despertaba, la adrenalina habitual bombeaba por mis venas, mi normal agitación de existencia se aceleraba, pero luego recordaba dónde estaba: no en prisión, no en mi propia habitación, sino en el apartamento de Story, y la parte más ruidosa dentro de mí se calmaba.

Estar cerca de mi pequeña *lastochka*, mi gorrión, calma toda una vida de lucha.

Sé que no durará. Sé que no puedo quedarme aquí para siempre. Necesito averiguar quién me persigue y qué quieren. Eliminarlos.

Destrocé mi teléfono pensando que podrían haberle puesto un rastreador, aunque, en mis momentos más lúcidos, me doy cuenta de que no son tan sofisticados. No son como la célula bratva de mi *pakhan* Ravil. Dudo mucho que tengan a alguien como Dima que pueda hackear cualquier cosa. O un arreglador como Maxim. No parecían organizados ni de alta tecnología.

Son criminales idiotas no preparados para el trabajo que les mandaron a hacer.

Aunque no soy lo bastante tonto como para pensar que quien los envió no rectificará su error la próxima vez. Y eso me lleva a una aguda constatación.

Esos tipos me estaban esperando. Lo que significa que podrían saber dónde vive Story.

No... tal vez no. Habrían estado esperando fuera de la puerta.

La furgoneta.

Deben haber seguido la furgoneta. Mi cerebro está tan jodidamente borroso que es difícil pensar en esto. ¿Quizá se quedaron atrás en el tráfico, pero luego la vieron de nuevo después de que yo aparcara?

Tiene que ser eso.

Me lanzo fuera de la cama, con un grito ronco saliendo de mi garganta. Joder. Odio cuando hago ruido.

Story corre desde su pequeña sala de estar y me encuentra en la puerta del dormitorio. Está descalza, preciosa con unas mallas y un largo jersey rosa polvoriento que cae por un hombro, exponiendo su piel pálida y sus delicadas clavículas. No lleva su habitual delineador grueso y maquillaje de escenario, y está aún más cautivadora con el rostro limpio.

—¿Qué pasa? ¿Estás bien?

Miro frenéticamente buscando las llaves de la furgoneta. Cada giro de cabeza hace que el apartamento dé vueltas. El martilleo en mi cráneo me hace querer cortármelo del cuello. Veo su bolso junto a la puerta y señalo.

Story mira por encima de su hombro, buscando.

—¿Qué es?

Camino pesadamente pasando junto a ella, tropezando cuando el suelo se hunde y mis pies parecen deslizarse de la superficie. Me sostengo en el sofá y sigo adelante. Cuando llego a su bolso, rebusco en él, aliviado cuando encuentro las llaves allí. Las levanto y señalo hacia fuera.

—¿Quieres que te lleve a algún sitio?

Blyad'.

Niego con la cabeza.

—¿Quieres conducir? —pregunta con dudas.

Asiento. Necesito mover esa furgoneta. Pero mover la cabeza hace que una ola de náuseas suba por mi garganta. Genial. Estoy mareado y ahora necesito vomitar.

—¡Toma! —Story corre y coge un cuaderno y un bolígrafo, luego me los trae.

Joder.

—Escríbelo —me anima.

Me odio por nunca haberme molestado en aprender el alfabeto romano. Ravil exige a sus hombres que solo hablen inglés en el ático. Quiere que todos en su célula lo hablen perfectamente, para asegurarse de que nos mezclamos y evitamos la discriminación. Así que lo entiendo completamente. Pero yo, por supuesto, estaba exento de hablarlo, así que también me exenté de aprender a escribirlo. Estúpido, estúpido error.

Frustrado, tomo el bolígrafo y escribo en ruso: "Mover la furgoneta".

Ella mira las palabras.

—Mierda. No escribes en inglés.

Niego con la cabeza. Si no hubiera destrozado mi teléfono podría encontrar una aplicación de traducción para ayudarnos ahora mismo, pero ya la he cagado.

—¡Joder!

Cojo el bolígrafo y dibujo una terrible representación de la furgoneta y la calle de fuera. Luego dibujo algunas calles más. Trazo una línea con el bolígrafo desde la furgoneta calle abajo y a lo largo de unas pocas manzanas y luego hago una X.

—Quieres mover la furgoneta.

El alivio me inunda. *Gospodi*, ¿cómo ha podido entender eso? Te juro que esta chica puede leerme la mente. Es mágica.

Agarro sus hombros para mostrarle lo importante que es y asiento.

—Entendido. —Toma las llaves de mí y luego coge su abrigo del perchero junto a la puerta.

Le agarro el brazo y niego con la cabeza, señalándome el pecho. No puedo dejar que mueva la furgoneta. ¿Y si hay alguien ahí fuera?

—No vas a ir a ninguna parte, apenas puedes mantenerte en pie —me dice—. Volveré enseguida. Deja que te lleve al sofá.

Maldita sea. No puedo dejarla ir por mí. Trato de

alcanzar las llaves, pero ella baila fuera de mi alcance, y la habitación gira a mi alrededor.

—Vale, me voy antes de que te mates intentando detenerme. Vuelvo en un minuto.

Gimo y me dirijo a la ventana para mirar fuera. Me siento aliviado cuando llega a la furgoneta sana y salva y se marcha.

Solo entonces camino hacia el sofá, donde me desplomo y respiro para contener las náuseas. El sofá es viejo pero cómodo. El piso de Story es agradable. No lujoso, pero muy acogedor. Es un edificio antiguo. Los techos son altos con molduras de estilo antiguo, y los suelos son de roble. Necesitarían un lijado, pero han resistido bien. Hay arte de verdad en las paredes. No arte caro a juego, sino un surtido aleatorio de pinturas, fotografías enmarcadas y poemas. Como si viviera en un mundo de artistas que han contribuido con algo a su hogar.

Story regresa quince minutos después y arroja su bolso y abrigo en el perchero junto a la puerta.

—Listo. ¿Quieres algo de comer?

Niego con la cabeza.

—No has tomado nada más que un poco de zumo en veinticuatro horas. Creo que deberías intentar comer algo.

No respondo. En casa rara vez me comunico con mis hermanos de célula. Están acostumbrados a mis expresiones en blanco, y no intentan hablar conmigo a menos que sea importante. Sasha, la nueva esposa de nuestro arreglador Maxim, lo intenta a veces. Pero esto con Story es jodidamente doloroso. Sigue haciéndome preguntas, observándome en busca de respuestas. Intentando conectar.

Desencadena la rabia y frustración que creía haber enterrado hace mucho tiempo, en prisión. Después de despertar sin lengua, incriminado por un crimen que no cometí.

Story va a la cocina, que en realidad es solo una pared del área de estar con una barra de desayuno para dos personas que separa el espacio. Abre el refrigerador y hurga, regresando finalmente con un envase de yogur de limón que ha abierto y espolvoreado con granola por encima.

—¿Te gusta el yogur? A los rusos se supone que les gusta el yogur, ¿verdad? —Se estremece como si acabara de decir algo estúpido, así que se lo tomo, aunque no tengo ningún interés en comer.

Me obligo a tragar unos cuantos bocados antes de dejarlo en su mesa de café de los años setenta.

—Doy clases toda la tarde —dice Story. Parece disculparse, así que me esfuerzo por entender lo que me está diciendo—. Aquí, en la sala de estar.

Gruño y me levanto del sofá de un impulso. Me duele tanto la cabeza que no puedo ver bien, pero me tambaleo hacia el dormitorio y milagrosamente caigo en el centro de su cama.

No puedo ordenar mis pensamientos lo suficiente para decidir si debería usar el teléfono de Story para enviar un mensaje a Ravil. Estoy casi seguro de que mi *pakhan* y mis hermanos de célula no tienen nada que ver con esta mierda. No me traicionarían. No tienen ningún motivo.

Pero no saben que trabajé para Skal'pel'. Que he visto las caras de las personas a las que operó, antes y después. Y si lo descubrieran, podrían no perdonarme por la omisión. Mi trabajo estaba en el otro lado de la bratva de Moscú, de donde provienen la mayoría de mis hermanos de bratva. Algunos de los clientes de Skal'pel' se escondían de Igor Antonov, el ahora fallecido *pakhan*. El padre de Sasha. Les ayudé a cambiar sus identidades y desaparecer. Podría reconocer sus nuevos rostros. La gente pagaría mucho dinero por esa información o me mataría para mantenerla en silencio.

A menudo me he preguntado por qué sigo vivo. Por qué Skal'pel' me metió en una prisión en lugar de en una caja de cedro.

Es un misterio que me atormenta. Todos estos años, he estado esperando a que sucediera. Que alguien apareciera y terminara el trabajo.

Parece que finalmente está sucediendo.

Así que incluso si mi célula no me abandona por lo que he hecho, no puedo traerles esta mierda encima. No es su problema. Necesito manejarlo por mi cuenta.

Eso es lo que decido de todos modos, antes de que el martilleo en mi cabeza me haga desmayarme de nuevo.

Story

Oleg duerme en mi dormitorio toda la mañana y hasta la tarde. Cambio el vendaje de su herida, vertiendo agua oxigenada sobre ella. Afortunadamente, en realidad no parece tan grave, aunque no es que tenga experiencia con heridas de bala. Pero no es profunda y parece más una quemadura por fricción que otra cosa.

Me preocupa más la presunta conmoción cerebral.

Y la mierda en la que Oleg está metido. Está gravemente herido, y no tengo ni idea de quién lo hizo o qué pasó. Tengo gente que viene a clases de música toda la tarde y un tipo herido que podría estar siendo buscado en mi dormitorio.

¿Y si alguien viene aquí a por él? Está bastante incapacitado. Tendría que protegerlo, y ni siquiera sé si soy capaz de hacerlo. La violencia no es precisamente mi especialidad.

Y una preocupación mucho menor pero igualmente realista: ¿qué pasa si necesita mi ayuda mientras estoy dando clases? Sería poco profesional y difícil de explicar por qué hay un hombre gigante, sangrando y mareado en mi dormitorio.

Afortunadamente, duerme durante todas las clases de guitarra que doy por la tarde. Ya he atendido a cinco estudiantes habituales cuando aparece un nuevo alumno, Jeff Barnes. Me dio un poco de mala espina por teléfono. Mi madre me ha dicho cien veces que no le gusta que dé clases en mi propio apartamento, pero realmente no tengo otra opción. Alquilar un estudio de música consumiría cada céntimo que gano con las clases, que son con las que pago el alquiler y como.

Cuando llamó para las clases se mostró enrollado, haciendo esa cosa en la que actúa como si fuéramos amigos. Mencionó nombres de personas que conozco y dijo que le gusta ver tocar a los Storytellers. Parecía entusiasmado. Supuse que o quería entrar en la banda o en mis pantalones. Aun así, cincuenta dólares son cincuenta dólares, y las clases son con las que pago el alquiler, así que lo programé. No me dio vibras de peligro, y ahora que lo he conocido en persona, sigo sin sentirlas.

Pero el tipo es molesto. Definitivamente no está aquí para aprender guitarra. Actúa como si ya supiera todo lo que intento enseñarle, aunque no es así, y sigue tratando de charlar en vez de aprender.

Al final de su media hora, dejo mi guitarra.

—Bien, se acabó el tiempo. —No me ofrezco a programar otra lección porque no disfruté enseñándole. Si él pregunta, vale. Pero no voy a intentar conseguir que entre en un paquete regular ni nada.

No hace ningún movimiento para levantarse de mi sofá. En cambio, saca una pequeña bolsita del bolsillo de su chaqueta y comienza a liar un porro.

Por el amor de Dios.

Resulta que no tengo ningún alumno después de él porque ya son las seis y media, mi hora de cenar, pero fácilmente podría haberlo tenido. Quizá debería fingir que sí.

—¿Quieres una calada? —me ofrece después de pasar la lengua por el borde del papel de liar.

—No, estoy bien. Y mira, tengo planes para cenar, así que...

—Vale. —Pero el capullo no capta la indirecta. Simplemente enciende su mechero y se pone a fumar en mi salón.

No soy del tipo que monta un numerito. Parece que conocemos a algunas de las mismas personas, y no quiero ser completamente grosera. Me levanto y empiezo a limpiar la cocina para darle una indirecta más clara.

Miro hacia atrás y veo que me observa con ojos entrecerrados.

Uf. Definitivamente un perturbado.

Entonces, detrás de él, en el umbral del dormitorio, aparece Oleg. Se ha puesto los vaqueros y todavía parece pálido, pero su atención está fija en la nuca de Jeff, y su expresión es mortal.

—¡Ah, hola, cariño! —exclamo alegremente para llamar la atención de Jeff sobre la presencia de Oleg.

El tipo se gira sorprendido, atragantándose con la calada que acaba de dar.

Oleg cruza los brazos sobre su enorme pecho. Es gigantesco y parece como si pudiera arrancarle la cabeza a Jeff de los hombros con una sola mano. Me doy cuenta, solo porque lo estoy buscando, de que también se ha apoyado estratégicamente contra el marco de la puerta para mantener el equilibrio.

Está siguiéndome el juego, exactamente como hace siempre en mi espectáculo cuando decido trepar por él como si fuera un gimnasio o hacer que me lleve sobre sus hombros. O cuando me atrapa al lanzarme desde el escenario.

Arrugo la nariz hacia Jeff con gesto de disculpa.

—A mi novio no le gusta mucho cuando los chicos se quedan después de sus clases.

Nunca he visto a un tío moverse tan rápido. Jeff guarda su maría en el bolsillo de la chaqueta y cierra de golpe su destartalada funda de guitarra. Sale por la puerta con solo un lado abrochado y la chaqueta arrastrándose por el suelo mientras la lleva bajo el brazo.

En cuanto se cierra la puerta, me río y voy dando saltitos hacia Oleg, poniéndome de puntillas para darle un beso en la mejilla.

—Gracias —ronroneo—. Eres un buen guardaespaldas.

Con las cejas aún fruncidas, mira ceñudo hacia la puerta.

—Se habría ido si se lo hubiera dicho —le aseguro, adivinando sus pensamientos—. Pero ahora nunca se quedará más tiempo del debido. —Recompenso a Oleg con una gran sonrisa.

Oleg lanza otra mirada oscura hacia la puerta.

—Lo sé, le habrías dado una paliza por mí si lo hubiera necesitado, ¿verdad?

Oleg se pasa el dedo índice por el cuello. Un escalofrío me recorre la espalda porque creo en la amenaza. Por muy gentil y seguro que Oleg me parezca, por mucho que piense en él como mi osito de peluche gigante, tengo todas las razones para creer que es un criminal, un criminal peligroso. Esos tatuajes contaban una historia de violencia. Y se mueve en un grupo de rusos que tienen tatuajes como los suyos. Probablemente son mafia rusa. Ni siquiera quiero saber en qué tipo de crímenes están metidos. Quiero decir, encontré a Oleg disparado en la parte trasera de mi furgoneta.

—Vale, eso no será necesario —le digo a Oleg, ahora seria.

Todavía parece dispuesto a matar a alguien.

—En serio. Es bueno saber que, eh, estás dispuesto a matar por mí, pero no querría eso. *Nunca.* —Estoy intentando ser lo más clara posible sobre esto.

Oleg parece captar mi tono porque un destello de incertidumbre reemplaza la expresión mortal, y se pasa una mano tatuada por la cara sin afeitar.

—¿Es eso lo que haces? —No sé de dónde saqué el valor

para preguntar. Realmente no creo que quiera oír la respuesta. Llevo las yemas de los dedos para tocar el lugar a través de su esternón donde vi el tatuaje de la daga. —Eso es lo que significa el tatuaje, ¿verdad?

Me da un único asentimiento.

Joder. Un violento escalofrío me recorre. Definitivamente no quería saber eso.

—¿Es por eso que te atacaron? ¿Alguien va a por ti ahora?

Inclina la cabeza hacia un lado, considerando mi pregunta, luego la niega.

Vale, así que no le atacaron como represalia por un asesinato. Bueno saberlo. De nuevo, soy estúpida por preguntar.

Cuanto menos sepa sobre Oleg y sus crímenes, mejor.

Por segunda vez, una ola de arrepentimiento me recorre por conocer mejor a Oleg. Definitivamente no es el tipo de chico para tener como novio. Aunque no es que yo dure más de un mes o dos con los novios, de todos modos. Ahora vamos por el camino hacia el fin de esta cosa, y no quiero que termine. No quería que cambiara.

Excepto que eso es mentira. Porque no he podido dejar de pensar en la forma ruda en que Oleg me tomó, y ni siquiera me *tomó* del todo. Pero todavía siento sus manos sobre mí. La forma en que me empujó contra la pared y agarró mi coño como si le perteneciera. La forma en que rasgó mis medias de rejilla para llegar a mi piel. Esa hambre descarnada en él. La dominación.

Anhelo más. Definitivamente voy a seguir con esto hasta el final. Quiero todo el sexo que pueda conseguir antes de que termine.

Pero terminar, debe.

Los finales son inevitables con cualquier tío, y la profesión de Oleg lo hace una certeza.

Lo cual es una pena. Porque me gusta cómo me siento con él. Como si pudiera ser yo.

Toda yo. Yo sin filtros.

Es simplemente fácil con él. Incluso con la dificultad para comunicarnos.

Me gusta Oleg. Presiono mi cuerpo contra el suyo, pidiendo un abrazo. Como siempre, me da lo que pido. Le muerdo el enorme músculo pectoral, solo porque parece tan tentador.

Me sorprende agarrándome del pelo y tirando de mi cabeza hacia atrás. Baja la boca lentamente, mirándome intensamente, como si estuviera buscando una señal de desagrado. Levanto los labios. Él roza los suyos sobre mi boca dos veces, luego me muerde el labio inferior. Luego sus dedos sueltan mi pelo para acunar la parte posterior de mi cabeza, manteniéndome en mi sitio para un beso de verdad. Un beso exigente.

Echo de menos la lengua, mi corazón sangra por Oleg y su lengua herida, pero incluso sin ella, es un beso mejor que el que he tenido de cualquier otro tío, sin duda.

Es la energía que hay detrás. Ese deseo crudo y áspero. Esa sensación de ser reclamada y honrada al mismo tiempo. Hace que me tiemblen las rodillas.

Desafortunadamente, tiene el mismo efecto en Oleg. No, probablemente sea la conmoción cerebral. Él tropieza un poco y rompe el beso, apoyándose en la pared.

—Está bien. Probablemente deberías volver a acostarte. Pero me debes una —le advierto.

Inclina la cabeza, como si necesitara una explicación.

Paso mis manos por su pecho y bajo por sus abdominales marcados.

—Voy a necesitar algo de esto antes de que te vayas.

Oleg me atrae por la nuca de nuevo hacia su cara y me da un beso suave y exploratorio. El calor estalla por todas partes. Lo quiero ahora, pero sé que es imposible. Cuando se aparta, llevo ambas manos para acunar su rostro.

—¿Puedes comer algo más?

Duda, luego niega con la cabeza, volviendo al dormitorio.

—Te traeré más analgésicos —le digo.

No reconoce mis palabras, pero cuando le traigo el ibuprofeno, se toma las pastillas obedientemente y bebe todo el vaso de zumo, igual que siempre. Aparto la creciente ansiedad de que debería haberlo llevado al hospital.

Oleg

El aroma de Story me envuelve. Sueño que estoy frotándome contra su trasero, con una mano posesivamente cubriendo su pecho.

No, no es un sueño.

Parpadeo bajo la luz matutina. Estoy en la cama de mi pequeña *lastochka* con una erección furiosa metida entre sus piernas como un misil buscador de calor que va directo a casa.

Está despierta. Lo sé porque empuja su trasero contra mi regazo y gime suavemente. Pellizco y froto su pezón entre mi pulgar e índice, estimulándolo hasta que se pone rígido. Mi mano está debajo de su camiseta; aparentemente, se dirigió allí mientras dormía. Mi pene sigue en mis calzoncillos, afortunadamente.

Nunca he deseado tanto poder hablar. Catorce años desde que me cortaron la lengua, y este es el momento que más dolor me causa. Porque tengo todo tipo de palabras sucias nadando en mi cabeza, y no tengo manera de sacarlas. De comprobarlo con ella. Asegurarme de que quiere lo que quiero darle.

Pero me lo dijo antes, ¿no? Dejó claro lo que quería.

Le muerdo el cuello y deslizo mi mano por su vientre hasta meterla en su pantalón de pijama. Ella abre la rodilla para mí. Contengo la respiración cuando mis dedos acarician su suave vello púbico y su hendidura. No lleva bragas y está caliente y húmeda para mí. Paso la yema de mi dedo por sus jugos, arrastrándolos hacia arriba para girar alrededor de su clítoris. Se endurece y alarga bajo mi tacto.

El recuerdo de hacerla llegar al orgasmo la última vez me pone más duro que una piedra. Quiero tomarme mi tiempo con ella ahora, pero temo no tener la finura necesaria. No con mi cabeza aún doliendo y mi resistencia tan baja.

Agarro su garganta con mi otra mano y tiro de su cabeza hacia mi hombro mientras deslizo mi dedo sobre su sexo, escuchando sus pequeños jadeos y maullidos.

¿Quieres que te toque aquí? ¿Que te haga llegar? ¿O necesitas mi polla?

Desearía poder preguntarle. Pero no puedo, así que uso mis dedos para complacerla. Rodeo su clítoris hasta que se retuerce. Sus pequeños gemidos se hacen más desesperados, entonces introduzco un dedo dentro de ella. Me encanta cómo aprieta las piernas, y su mano presiona sobre la mía.

—Tus dedos son tan grandes como la polla de algunos tíos —gime.

Me encanta que hable sucio, pero mencionar las pollas de otros tipos me hace querer matar a cada chico con el que ha estado.

—No vas a retenerlo esta vez, ¿verdad? —Mueve las caderas tomando mi dedo más profundo.

Joder.

Ahora lo está entendiendo.

Saco mi dedo y me incorporo.

Story también se incorpora.

—¿Qué?

Vale, estaba reuniendo fuerzas para salir de la cama por un condón. Pero recuerdo que ella puso mi cartera en su mesita de noche cuando lavó mis vaqueros. Señalo hacia allí, y ella la agarra rápidamente.

—¿Condón? —Suena sin aliento.

Me encanta cuando lee mi mente.

Tomo la cartera, la abro y saco el condón.

—Déjame ayudar. —Me empuja hacia atrás. Disimulo una mueca cuando mi cabeza dolorida golpea la almohada. Estoy demasiado fascinado por mi *shalun'ya*, mi chica traviesa, para preocuparme por el dolor. Ella se sienta a horcajadas sobre mis piernas, rasgando el envoltorio del condón con los dientes.

Tiro del borde de su camiseta dos veces y levanto la barbilla. Estoy siendo exigente, pero puedo ver que le gusta porque una sonrisa traviesa curva sus labios, y se la quita por la cabeza lanzándola al suelo.

Ah, esos pechos gloriosos. Sus pezones son de un tono melocotón pálido y dulces, haciendo que la visión de sus senos parezca un regalo inesperado.

Me baja los calzoncillos para liberar mi erección y envuelve su mano alrededor de la base.

—Vaya. —Suena impresionada. —Es, eh, definitivamente más grande que tu dedo.

Levanto mi mano para comparar, y ella sonríe, con su mirada demorándose en mi cara.

—No esperaba que fueras tan...

Me quedo quieto, preocupado por lo que va a decir.

—...*agresivo*. Fue excitante.

Me toma un par de segundos superar el pensamiento de que era una queja. No pretendía ser tan dominante, pero había sido difícil contener todo mi deseo reprimido por ella. Story ha sido mi obsesión durante mucho tiempo. Pero escuchar que le gustó, que quiere eso, hace que el motor dentro de mí ruja con vida. Cualquier resistencia que temía no tener aparece. Podría follarme a esta chica toda la noche si fuera de noche.

No lo es.

Baja la cabeza y desliza su boca sobre la punta de mi polla. Mi cabeza casi explota de placer. Y dolor. Pero el *placer*. Gimo en voz alta, sorprendiéndome a mí mismo porque generalmente intento evitar que salga cualquier sonido.

Story desliza su boca hacia abajo y arriba otra vez, erizándome la piel. Clava su mirada en la mía observando el estrago que causa mientras me toma en su boca una y otra vez.

Es demasiado. He esperado demasiado tiempo para este momento sin creer nunca que llegaría a suceder. Y joder, no voy a correrme en su boca. No cuando me ha dicho claramente que quiere que se lo dé fuerte.

Agarro mi propio miembro, lo que hace que ella se aparte. Le quito la parte de abajo del pijama. Quiero poner mi boca en su coño empapado, pero tengo más confianza en lo que puedo hacer con mi polla. No tener lengua para complacerla me mató la última vez.

Cualquiera pensaría que después de tanto tiempo habría aceptado mi destino. No soy de los que se regodean, pero Story despierta en mí la necesidad de ser mucho más de lo que he sido estos últimos años: apenas medio hombre.

Ella se apoya sobre sus antebrazos para verme poner el condón. Le gustó que fuera agresivo, así que agarro sus muslos y la arrastro hacia el centro de la cama, haciendo alarde de mi fuerza.

Su risa entrecortada hace que valga la pena.

—Oh, ahí está el Gran Papi.

Gran Papi. No conozco lo suficiente de la cultura pop americana para estar seguro de que entiendo el apodo, pero capto la idea. Ella es mi *shalun'ya*, y yo soy el que está al mando. El tipo que va a follarla hasta que grite.

Me coloco entre sus muslos abiertos y froto la cabeza de mi polla enfundada sobre su hendidura. Necesito estar dentro de ella como un oso necesita su primera comida después del invierno, pero me obligo a empujar lentamente, sabiendo que soy grande y ella una pequeña hada.

Ella se arquea, dejando caer la cabeza hacia atrás mientras empuja sus caderas hacia arriba para recibirme más profundo.

Blyad'. ¿Necesita más? Se lo daré. Encierro su garganta con mi mano. No aprieto nada, ni siquiera un poco, pero la posición en sí es dominante. Sujeto su garganta y empujo mi polla con una fuerte estocada.

—Oh Dios *mío*. —La boca de Story se abre de par en par, su cuerpo ondula bajo el mío, respondiendo a mi embestida.

Me retiro suavemente y vuelvo a entrar con fuerza, evitando que se deslice hacia arriba con la mano alrededor de su garganta. Su interior se contrae alrededor de mi polla. Con mi mano libre, pellizco su pezón y luego aprieto su pecho perfecto.

Voy lento y duro por un rato, puntuando mis estocadas con una pausa para dejarle sentir toda mi longitud, para que se acostumbre a mí. Pero pronto ambos necesitamos más. Story empieza a alcanzarme, sujetando mis costados para atraerme antes, así que acorto las embestidas y aumento el ritmo, apoyando una mano contra la pared detrás de su cabeza para sostenerme.

—Oleg —jadea—. Oh Dios mío, sí. Oleg.

Escuchar cómo repite mi nombre envía a mi ego a una marcha de victoria antes de que todo termine. La parte más humana de mí, que se había marchitado y muerto, revive un poco más cada vez que contemplo su rostro divino.

Story. Quiero repetir su nombre como ella hace con el mío. Mi *lastochka*. Cambio de posición para levantar sus piernas hasta mis hombros, sujetando la parte frontal de sus muslos, para poder penetrar más profundo. Sus gritos se vuelven más fuertes y frecuentes, casi un flujo constante de vocalizaciones.

Me detengo y arqueo una ceja. *¿Te gusta eso, shalun'ya?*

Azótame, Papi. Recordando su chillido cuando la puse sobre mi hombro el sábado por la noche, salgo y la volteo boca abajo, dándole una fuerte palmada en cada nalga.

—¡Oh! —Ella arquea su espalda como un gato, ofreciéndome su trasero. Le doy otras dos palmadas antes de volver a entrar, y ella gime de satisfacción.

La sostengo por la nuca y la monto desde atrás, glorificándome en cada deliciosa y vertiginosa estocada. La habitación gira y flota, pero es por el éxtasis, no por el dolor. Nada se siente tan correcto como estar dentro de Story.

Acaricio su espalda con las yemas de los dedos de mi mano libre. Admiro el tatuaje de un paraguas en su omóplato. Agarro un puñado de su trasero. Sostengo su cadera. Separo sus nalgas para acceder a su lindo agujerito y ella suelta una corriente de frenéticos y confusos ánimos. No dura mucho. Cuatro embestidas más, y entonces se corre, con sus piernas enderezándose y sacudiéndose, sus paredes internas apretando mi polla como un puño.

La follo más fuerte y rápido para provocar mi propio final, y llega inmediatamente. Penetro profundamente y me mantengo ahí, extendiendo mi mano bajo sus caderas para frotar su clítoris y provocar el resto de su clímax. Funciona. Otro temblor gigantesco recorre su cuerpo, y los músculos palpitan de nuevo, exprimiendo más semen en el condón. Chispas de luz bailan detrás de mis ojos. Salgo y me desplomo de lado, con la cabeza partiéndose, pero con mi corazón, mi espíritu, algo que creía muerto hace tiempo, volando como una cometa.

Story, quiero susurrar en su oído. Hermosa Story. Mi loco, salvaje y travieso pajarillo. Qué privilegio estar en su cama.

Me conformo con un suave tarareo. El sonido de cómo me hace sentir.

Consigo quitarme el condón y tirarlo a la basura junto a la cama antes de cerrar los ojos y desmayarme de nuevo.

STORY

Acabo de salir de la ducha y estoy vistiéndome cuando suena un golpe en la puerta. Oleg está inconsciente en la cama, pobre.

Pobre él, afortunada yo. El tío es un semental. Ha sido, de lejos, el mejor sexo que he tenido jamás. No fue ninguna técnica especial, fue simplemente... Oleg. Me encanta sentir su fuerza y poder. La rudeza y dominancia de sus movimientos. Y, sin embargo, nunca me he sentido tan segura con un chico. Este hombre es confiable. Viene a todos los espectáculos. Se sienta en primera fila con la energía de un gorila o protector. Ni una vez me sentí nerviosa cuando me manipulaba. Sabía que si decía basta, él pararía. Podía relajarme y disfrutarlo.

Me pongo el jersey rápidamente y corro hacia la puerta. Nadie ha tocado el timbre de abajo, lo que significa que debe ser un vecino. Espero que no sea para quejarse de nuestra sesión de sexo matutina. No es que fuera *tan* ruidosa. ¿O sí lo fui? Mi garganta se siente bastante irritada.

Abro la puerta de golpe, pero cuando veo a los dos tipos tatuados detrás, inmediatamente reduzco la abertura hasta que solo se ve mi cara a través de ella.

—¿Sí?

—Hola, Story —dice el tipo de pelo castaño—. Soy Maxim, un amigo de Oleg. Este es Pavel. —Indica a su amigo rubio. —¿Nos conocimos en tu espectáculo? Mi esposa Sasha habló contigo, ¿la pelirroja?

—Sí, hola. —Recuerdo al tipo y a su amable esposa, y no parece amenazante, pero no sé quién hirió a Oleg y el tipo destrozó su propio teléfono como si temiera ser rastreado. Además, no sé cómo estos tipos me encontraron a mí o a mi casa.

—Lamento presentarme aquí. Es solo que no hemos visto a Oleg desde el sábado por la noche, y nos preguntábamos si sabes algo. ¿Estuvo en tu concierto el sábado?

Sacudo la cabeza rápidamente.

—No.

Inclina la cabeza como si supiera que estoy mintiendo.

—Quiero decir, sí, estuvo en mi concierto, pero no sé a dónde fue después. Es decir, no lo he visto. —Maldita sea, soy pésima mintiendo. Sueno sin aliento y estoy hablando demasiado rápido.

Los ojos de Maxim se entrecierran. Intenta mirar más allá de mí, y cuando lo hace, sus hombros se relajan.

—Oleg, ¿qué coño?

Me giro para encontrar a Oleg detrás de mí. Se ha puesto los vaqueros, pero está sin camiseta y no lleva zapatos. Está claro que no se está escondiendo de estos tipos. El alivio fluye por mi cuerpo.

De repente me alegra tener a alguien con quien compartir el peso de la difícil situación de Oleg.

—Le atacaron. Alguien le disparó —suelto, apartándome de la puerta para que puedan entrar.

—¿Qué? —Maxim examina rápidamente a Oleg.

—Le golpearon en la cabeza y le dispararon en la pierna. —Señalo el agujero en sus vaqueros. Lavé la sangre, pero toda la zona del muslo de sus vaqueros sigue manchada de óxido.

—Joder. —Maxim dice algo brusco en ruso a Pavel, que parece sombrío—. Gracias por cuidar de él.

—No tienes que agradecérmelo. —Estoy ligeramente ofendida. Por supuesto que cuidé de él. Es mi amigo.

Oleg se tambalea de vuelta hacia el dormitorio, y Pavel le sigue, sin ofrecerle ayuda, pero manteniéndose cerca.

—¿Sabes quién le atacó? ¿Viste lo que pasó?

Sacudo la cabeza.

—No, condujo mi furgoneta hasta aquí para llevarme a casa. A la mañana siguiente lo encontré en la parte trasera, sangrando con una herida en la nuca.

Oleg aparece con la camiseta y las botas puestas.

—¿Dónde coño está tu teléfono? —exige Maxim. Me molesta un poco la forma en que le habla a Oleg, pero también me tranquiliza. Es evidente que se sienten cómodos el uno con el otro. Hay compenetración. Como la que tengo con Flynn y los chicos de la banda.

Oleg no responde. Bueno, claro que no, pero tampoco intenta comunicarse en absoluto. He notado que hace eso conmigo también, cuando decide que no quiere interactuar. Es como si ni siquiera lo intentara.

—Lo destrozó —ofrezco, aunque no estoy segura de que Oleg quiera que comparta eso.

Maxim lo mira fijamente, como si tratara de resolverlo.

—Vale —dice, como si lo tuviera controlado—. Vamos a llevarte a casa, amigo.

Oleg mira a Maxim e inclina la cabeza hacia mí.

Maxim saca su cartera y coge todo el dinero que hay en ella. Veo más de unos cuantos billetes de cien dólares. Dobla el fajo por la mitad y me lo entrega todo, sujetándolo entre sus dedos índice y medio.

—Gracias por cuidar de Oleg.

—¿Qué? —Le devuelvo los billetes, ofendida. —No lo hice por dinero.

Oleg parece alarmado por mi tono. Levanta las cejas y observa mi cara cuidadosamente.

—No, no, no —dice Maxim con suavidad—. No quería que sonara como una transacción. —Extiende su mano libre en un gesto conciliador. —En absoluto. Sé que lo hiciste porque te preocupas por Oleg.

Me calmo un poco.

—Pero Oleg quiere que te cuiden. Por favor, acéptalo. —Estira su brazo hacia mí de nuevo.

Dudo. Todavía estoy un poco ofendida. O quizás no me gusta que Oleg se vaya. Se va, y no tengo su número ni sé cuándo voy a volver a verlo.

Esto es muy poco habitual en mí. Normalmente soy yo quien huye de una relación.

De repente siento calor en los ojos y parpadeo rápidamente. Todavía no he cogido el dinero. De alguna manera odio estar hablando con Maxim ahora mismo en lugar de con Oleg.

¿Por qué es eso?

¿Por qué Oleg deja que su amigo hable por él? ¿Y por qué simplemente se va con ellos? ¿Ni siquiera va a despedirse?

Me enfada. Cruzo los brazos sobre el pecho.

—Entonces que Oleg me lo dé —desafío.

Maxim gira, de modo que su brazo apunta hacia Oleg. Las cejas oscuras de Oleg están fruncidas. Arrebata el dinero de los dedos de Maxim y lo tira sobre mi mesa de café como si lo estuviera tirando a la basura. Entra directamente en mi espacio, sosteniendo la parte posterior de mi cabeza, con su boca descendiendo sobre la mía antes de que tenga tiempo siquiera de respirar. De pensar.

Las lágrimas se clavan en las esquinas interiores de mis ojos mientras recibo su beso. Su mano en mi cintura, su pulgar acariciando mi mejilla. Cuando rompe el beso, apoya su frente contra la mía y se queda ahí. Hace ese suave sonido de zumbido que hizo después de que tuviéramos sexo. Sus amigos salen del apartamento, quedándose en el rellano para darnos privacidad.

—No me hagas eso —susurro, con el dolor todavía entrelazando mi voz.

Se aparta. Sus ojos preocupados estudian mi cara.

—No quiero un intermediario entre nosotros —explico, porque obviamente no está seguro de a qué me refiero.

Se queda quieto, casi como si lo hubiera sorprendido. Como si no fuera consciente de la forma en que simplemente se desvaneció en el fondo en el momento en que llegaron sus amigos. Asiente y baja la cabeza para darme un suave beso, un apretón de sus labios contra los míos.

No quiero que se vaya. Es una locura lo mucho que no quiero que se vaya. Aunque sé que esto no puede llegar a ninguna parte. Sé que explorarlo solo conducirá al dolor y al eventual final. Aun así, me aferro a él. Envuelvo mis brazos alrededor de su espalda y presiono mi cuerpo contra el suyo en un abrazo.

—Mejórate pronto —digo, con la voz áspera. Es una estupidez decir eso. No abarca ni la quinta parte de lo que quiero decirle—. ¿Vendrás a mi concierto?

Dios mío.

Ahora solo sueno dependiente.

Él se congela de nuevo, lo que me dice que no cree que vaya a estar allí, pero luego da un único asentimiento.

Mmm. No le creo.

Pero hay alguien persiguiéndole. Quizás tenga que esconderse ahora.

Joder, quizás no vuelva a verle nunca más.

Agarro su manga cuando se gira.

—Oleg...

Él se vuelve rápidamente, con esa expresión de alarma en su rostro.

—¿Estarás bien? ¿De verdad?

Toma una respiración lenta y luego asiente.

Exhalo.

—Ten cuidado —le digo porque ahora me siento culpable por pedirle que venga a mi concierto cuando es obvio que está en peligro.

Asiente y coge mi mano, apretándola.

Sigo sin querer que se vaya. Pero sus amigos cambian de posición en el pasillo, y noto el bulto de una pistola en el bolsillo de la chaqueta de Pavel, y recuerdo que yo no pertenezco a su mundo. Lo que significa que él no puede quedarse en el mío.

—Adiós —digo rápidamente, volviéndome para fingir que estoy tranquila. Porque lo estoy. He tenido muchas experiencias extrañas en mi corta vida. Estoy en una banda, y muchos de mis amigos consumen muchas drogas. Esto se convertirá en otra historia loca. O quizás por fin escriba las canciones que se me han estado escapando durante un tiempo.

¿Por qué, entonces, se siente como una pérdida tan grande cuando Oleg sale por mi puerta?

CAPÍTULO 4

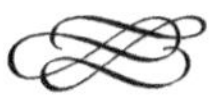

*O*_{leg}

Subo a la parte trasera del Tesla de Maxim.

—Dale tu teléfono —ordena Maxim a Pavel.

Pavel me entrega su teléfono, y Maxim le da el suyo a Pavel mientras pone el coche en marcha y sale.

—¿Quién era? —exige saber Maxim.

Me palpita la cabeza y todavía me siento destrozado por haber disgustado a Story. Joder. Definitivamente no pretendía ofenderla haciendo que Maxim le diera dinero. Simplemente esperaba que él hiciera y dijera las cosas correctas porque yo no puedo decirlas por mí mismo. Quería cuidar de ella. Y estoy seguro de que podría necesitar el dinero. Hice los cálculos mentalmente. No puede ganar más de ochocientos a la semana dando clases de guitarra. No es un mal dinero, pero tampoco es que sea rica ni nada. Y Maxim sí lo es. Además, fue muy hábil: dijo todas las cosas correctas y aun así la enfadó.

Ella no quería que él hablara por mí.

Eso todavía me tiene conmocionado. Como si me hubieran partido el pecho por la mitad, dejando expuesto el corazón mientras late. Nunca me he sentido tan vulnerable en mi vida.

Y todavía no sé qué voy a decirles a Ravil y a los chicos sobre esto. Quiero ignorar a Maxim, pero sé que eso no va a funcionar, así que escribo los detalles.

Tres tipos. Hablaban ruso. Luché contra ellos y escapé. No le digo que me querían vivo.

Que sé por qué.

Pavel lee mi breve texto en voz alta para Maxim. Para mí no es breve. Es lo más largo que suelo conseguir con cualquier comunicación.

—Son los tres tipos que Dima rastreó cuando entraron al país. —Maxim golpea el salpicadero. —Llama a Dima y dile que envíe las fotos a mi teléfono.

Ahora recuerdo que Maxim hizo que Dima instalara un software de rastreo para marcar a cualquier persona de interés de todos los vuelos rusos entrantes porque temía que alguien de la bratva de Moscú intentara matar a Sasha por sus millones. Si esos cabezas de chorlito que intentaron capturarme el sábado hubieran llegado recientemente, Dima lo habría notado. No eran bratva, pero aun así podrían haber levantado sospechas.

Pavel hace la llamada, y unos momentos después el teléfono de Maxim vibra con los mensajes entrantes. Los abro y luego asiento hacia Pavel. Maxim lo capta por el retrovisor.

—¡Joder! —explota Maxim—. Sabía que eran problemas. ¿Preguntaron algo? ¿Dijeron algo?

Niego con mi palpitante cabeza. Mi pulso se acelera. Maxim cree que esto tiene que ver con Sasha. No debería permitírselo. Debería confesar mi pasado.

Pero entonces, debería haberlo hecho hace dos años cuando Ravil me incorporó al grupo. No puedo hacerlo ahora sin que todos sientan mi traición.

—¿Los tres se marcharon luego? —pregunta Pavel. Lo que realmente significa: *¿les hice algún daño real?* Tristemente, no.

Me encojo de hombros y asiento.

Y afortunadamente, eso pone fin a mi interrogatorio. Los chicos están tan acostumbrados a que yo no ofrezca nada que no insisten. Maxim escuchó lo que necesitaba oír. Protegerá a su novia y establecerá sistemas para localizar a estos tipos. Para eliminar la amenaza.

Lo cual, por supuesto, funciona a mi favor. Hasta que quien sea que me persigue envíe otro equipo.

Suena el teléfono de Maxim, y aparece el nombre de Dima en la pantalla. Dima es nuestro hacker. No hay nada que este tipo no pueda hackear o programar.

Le devuelvo el teléfono a Maxim ya que obviamente no puedo contestar.

—Eran esos tipos —confirma Maxim.

—Tengo una ubicación —dice Dima secamente, todo profesional. La organización de Ravil es fluida y ordenada, eficiente. Pavel estuvo en el ejército ruso. Ravil y Maxim son estrategas de nivel genio. Nikolai, el gemelo de Dima, es corredor de apuestas. Yo soy la fuerza bruta. El ejecutor. Pero somos un equipo, los radios de una rueda.

—Envíamela por mensaje. —Maxim se gira para mirarme. —¿Estás bien con un desvío? No tienes que entrar.

No lo estoy. Necesitaré vomitar tan pronto como el Denali se detenga, y estoy bastante desesperado por un analgésico, pero por supuesto, asiento. Matar a estos cabrones es la máxima prioridad. Cómo me sienta es totalmente irrelevante.

Maxim navega a través del tráfico. Abro la puerta en un semáforo en rojo para vomitar, y él maldice en ruso.

—Quizás deberíamos llevarlo de vuelta primero —dice Pavel. Su pistola está en su regazo, con el silenciador ya enroscado.

Meto la cabeza de nuevo en el vehículo, cierro la puerta de golpe y luego agito la mano con impaciencia y frunciendo el ceño.

Pavel se encoge de hombros.

—Vale. Quiere ir.

No es un trayecto largo. Llegamos a un hotel y Maxim aparca. Se gira para mirarme, enroscando un silenciador en su propia arma.

—Volveremos en diez minutos, ¿vale, O?

Asiento.

—Les haré pagar por lo que te hicieron.

No respondo. La verdad es que me importa un carajo si sufren o no. Solo estaban haciendo un trabajo. Mi verdadera preocupación es quién está detrás de ellos.

Los chicos vuelven en siete minutos. Maxim revisa el espejo y limpia algunas salpicaduras de sangre de su cara antes de guardar el arma bajo el asiento y arrancar.

Pavel se sienta en silencio durante unos minutos antes de preguntar:

—¿No crees que deberíamos haber averiguado quién los envió antes de matarlos?

Un músculo se contrae en la cara de Maxim. Es exageradamente protector cuando se trata de Sasha. Afectó a su toma de decisiones en esta ocasión.

—Nos estaban esperando. Si no hubiéramos disparado primero, ahora estaríamos muertos. Además, estamos enviando un puto mensaje. Cualquiera que se acerque a mi mujer encontrará una muerte rápida.

Pavel me lanza una mirada para ver si estoy de acuerdo con él en esto.

Por supuesto, estoy agradecido de que no sacaran nada de ellos. Si lo hubieran hecho, podría encontrar una de esas pistolas apuntando a mi cabeza ahora, así que me limito a encogerme de hombros.

Funcionó para mí. Necesitaba a esos imbéciles fuera de escena y lejos de Story.

El resto de la mierda puedo solucionarla más tarde.

~

STORY

Afino mi guitarra eléctrica y luego recorro cambios de acordes en rápida sucesión para calentar mis dedos. Es viernes por la tarde, y los Storytellers estamos en el Lounge para el ensayo semanal. Si no fuera porque Rue nos deja ensayar aquí durante el día gratis, no existiríamos los Storytellers. Por eso el Rue's Lounge siempre será nuestra base. A veces la gente me pregunta por qué no intentamos expandirnos: conseguir actuaciones en otros lugares, rotar dónde tocamos.

Podríamos. Incluso podríamos ganar más dinero. Tal vez construiríamos una base de seguidores más grande. Pero Rue nos lanzó. Hicimos crecer nuestra base de apoyo aquí. Somos tan leales a la dueña como ella lo es con nosotros.

—¿Dónde está la lista de canciones? —me pregunta Flynn.

La gente piensa que es mi banda por el nombre, pero en realidad es de Flynn. Flynn y sus amigos se juntaron después del instituto, formaron una banda y luego necesitaron una vocalista principal. Pensaron que una chica les haría parecer mucho más interesantes que una banda solo de chicos. Por supuesto, mi nombre encajaba perfectamente para el nombre de la banda.

Quizás sí es mi banda. Es decir, soy la hermana mayor y la directora creativa. Pero nunca lo veo así. Creo firmemente en la colaboración. Ahí es donde ocurre la magia. Con los Storytellers, a menudo siento que solo estoy ahí para disfrutar del viaje.

—¿Y qué pasó con el Silencioso Boris el sábado por la noche? —pregunta Flynn.

Giro la cabeza y lo fulmino con la mirada, inusualmente irritada.

—No le llames así.

—En serio, tío. Ese tipo parece que podría matar a un hombre con sus propias manos sin ni siquiera sudar —dice Lake.

—Yo creo que lo ha hecho —coincide Ty—. Si no hubiera visto cómo mira a Story, le tendría un miedo de muerte.

Pero Flynn me está observando. Su boca se estira en una amplia sonrisa.

—Así que por fin has cerrado el trato con tu guardaespaldas ruso, ¿eh? —Tiene ese tono cantarín de felicitación que me hace erizarme aún más.

—Cállate. No seas idiota. —Ahora realmente no sueno como yo misma. Maldita sea.

Los chicos me miran boquiabiertos con interés. No es propio de mí alterarme por las cosas. Soy tan despreocupada; sigo la energía y soy relajada como nadie. Pero los últimos cuatro días desde que los amigos de Oleg vinieron a recogerlo han sido una tortura. Interminablemente largos. Llenos de preguntas. Vacíos. Me he preocupado por Oleg. Pero más que eso, tener a Oleg en mi casa cambió algo en mí.

Le echaba de menos. Ansiaba pasar más tiempo con él.

Todas esas cosas son tan poco propias de mí.

Lo que me hace desear desesperadamente volver a ser como era antes. Flotar por la vida sin importarme una mierda nada. Especialmente no un tío.

—Espera. —Flynn de repente se pone serio, estudiándome con preocupación. —¿Ocurrió algo malo?

Ahora el imbécil pregunta. Es un buen momento para preocuparse de repente por mi bienestar, cuando es el tipo que se fue con dos chicas y me dijo que Oleg me llevara.

—¡No! —Le lanzo mi púa de guitarra.

Él la esquiva, con su sonrisa pirata extendiéndose por su cara.

—¡Oh, Dios mío... realmente te gusta este tío!

—No —me burlo. Definitivamente no estoy haciendo *eso*. No el boomerang de relaciones al que nuestra madre nos sometió de niños. Enamorarse. Romper. Sufrir. Hundirse en depresión. Internarse en instituciones mentales. Era un ciclo interminable de corazones llenos y rotos. Ella y mi padre se separaron y volvieron juntos nueve veces cuando yo era pequeña. Cuando finalmente se divorció de él porque era un bastardo infiel, pensamos que las cosas se calmarían, pero no fue así. Recreó el mismo drama con una serie de hombres nuevos.

No soy como ella. Soy lo opuesto. Salgo con un tío. Nos enrollamos. Las cosas se ponen raras. Experimento este impulso interno, esta inquietud que me dice que corte las cosas antes de que vayan más lejos.

Flynn es un completo putero. Yo no soy así. No busco solo sexo. Anhelo una conexión real. Necesito que me guste el tío, sentir la chispa, encontrarlo entretenido e inteligente. Pero no sé, después de unos meses, me pongo nerviosa y me siento atrapada. Siempre encuentro algo que me hace querer terminarlo.

Dahlia, nuestra hermana pequeña, es la única de nosotros tres que parece saber cómo mantener una relación duradera. Ella y su novio del instituto se fueron juntos a la universidad en Wisconsin y siguen fuertes.

—Espera, entonces, ¿pasó algo? —Flynn simplemente no va a dejarlo pasar. En serio quiero meterle mi bota por el culo ahora mismo.

Mis tres compañeros de banda me miran expectantes. No van a dejarme esquivar esta pregunta.

—¡Sí!

Todos me sonríen como tontos.

—¿Y? —insiste Lake. Estoy bastante segura de que él y Ty siempre han querido enrollarse conmigo, pero saben que no me interesa y también que Flynn les patearía el culo hasta Tokio.

—¿Por qué os estáis comportando como *chicas* ahora mismo? —exijo—. ¿Desde cuándo comparto mi vida sexual con vosotros?

—Nos estamos comportando como tíos. Así es la conversación entre hombres. Tú eres la que sale con tíos, Story —me recuerda Flynn.

Es verdad. Solo por la cantidad de tiempo que pasamos juntos, estos chicos se han convertido en mis mejores amigos.

Realmente necesito salir más.

Y ese pensamiento al instante produce más pensamientos sobre Oleg. Porque él es quien alteró mi ritmo. Me descolocó. Dejó una sensación de vacío y anhelo a su paso de la que me está costando recuperarme.

Sí empecé a escribir una canción, eso sí. Una canción caliente, de empujarme contra la pared. Pero todavía no estoy lista para revelarla.

—Fue intenso —admito.

—No me digas. —Ty intenta sonar casual, pero hay un temblor en su voz como si estuviera decepcionado al oírlo.

—"Blister in the Sun" —digo para zanjar el tema y comenzar el ensayo. Empiezo a tocar el inicio de la canción de Violent Femmes en mi guitarra.

—Un momento. —Ty se apresura a buscar sus baquetas, casi perdiendo la entrada.

Y entonces estamos en ello. La música. Lo que todos adoramos. Es nuestra adicción y nuestras vidas.

No sé por qué de repente no parece suficiente.

CAPÍTULO 5

*S*tory

No vino.

Escaneo la multitud del sábado por la noche por octava vez, buscando a mi gran ruso.

No está aquí. No me lo puedo creer.

—¿Cómo estáis todos esta noche? —pregunto a la multitud, fingiendo mi entusiasmo por estar con ellos.

Ya hay una buena cantidad de nuestros habituales, y me reciben con vítores de entusiasmo exagerado.

—¡Story! ¡Te queremos!

Me río en el micrófono.

—Yo también os quiero.

No me apetece tocar la lista que he preparado. En Rue's normalmente tocamos una mezcla de versiones y temas originales. Tenemos suficientes canciones propias para hacer un espectáculo completamente original, y lo hacemos cuando nos contratan en otros lugares, pero tocar en el mismo sitio todos los sábados puede resultar monótono. A la gente le gusta escuchar versiones. Les emociona.

Mis dedos tocan algunas notas en mi guitarra eléctrica.

Flynn se ríe suavemente en su micrófono. Reconoce la canción incluso antes que yo.

Joder. Es Paint it Black de los Rolling Stones.

No estoy tan decepcionada por la ausencia de Oleg. Pero la elección de la canción dice lo contrario. Me encojo de hombros y sigo adelante, aunque el resto de la banda no tenga ni idea de lo que estamos haciendo. Los dos crecimos tocando con la banda de versiones de rock clásico de nuestro padre. Por eso tenemos un amplio repertorio del que tirar.

Ty y Lake se suman bastante rápido mientras los guío a través de mi versión de la canción, lo que hace que nuestro creciente público se vuelva loco, posiblemente porque pueden notar que estamos improvisando sobre la marcha. A la gente le gusta ser parte del espectáculo. Sentir que te conocen. Como si fuéramos amigos.

Me obligo a no mirar hacia la mesa donde debería estar Oleg. La que han ocupado un grupo de habituales que reconozco.

De alguna manera supe cuando se fue que no estaría aquí esta noche, y sin embargo su ausencia me atraviesa el estómago. Probablemente esté recuperándose todavía. Está demasiado mareado para conducir. Le duele demasiado la cabeza con la música alta.

Conozco todas esas cosas, y son explicaciones perfectamente razonables para su ausencia, pero mis emociones están descontroladas. No son para nada razonables.

He estado vulnerable y necesitada desde que se fue. Preocupada por él. Y ahora que descubro que no está aquí, el resultado que estaba segura de que afrontaría, me siento abandonada. Esta es exactamente la razón por la que no me gusta depender de la gente. Mis padres me enseñaron muy bien esta lección. Me querían, pero tenían sus propios demonios. Estar presentes de la manera que yo necesitaba simplemente no estaba en sus planes.

Pero Oleg... él era fiable. Como un reloj, todos los sábados.

Me dijo que estaría aquí.

Sé que no podía llamar. Su teléfono sigue hecho trizas en la basura de mi baño. Y nunca me pidió mi número.

Pero eso también me molesta. Podría haberlo intentado. Claro que no escribe en inglés. Me olvidé de eso. ¡Ah! El hecho de que esté usando tanto espacio mental en esto cuando estoy en medio de mi actuación me cabrea.

Vuelvo a la lista planificada, y completamos el primer set a la perfección. Todo me parece plano, pero el público no parece notarlo. Si acaso, están más bulliciosos de lo habitual. Hay un ambiente festivo en el local, y aun así tengo una sensación inquietante, como si me estuvieran observando. No la agradable sensación de que Oleg está mirando. Algo más siniestro. Examino el lugar y veo a un tipo con barba desaliñada y cazadora de cuero en la esquina que no parece encajar. No está sonriendo ni hablando con nadie. Y me está mirando fijamente de una manera escalofriante. Es el tipo de hombre al que nunca dejaría entrar en mi apartamento para una clase de guitarra.

Me sorprendo deseando que Oleg estuviera aquí para fingir ser mi novio otra vez.

Novio real, murmura una vocecita en mi cabeza, pero rechazo esa idea. Porque los novios reales no duran, y quiero que Oleg se quede por aquí.

Rue me hace señas desde detrás de la barra cuando salgo del escenario para tomar un descanso. Conocí a la dueña del mohawk a través de un amigo común cuando los Storytellers apenas empezaban. Nos invitó a tocar. Todos lo pasaron bien, así que nos invitó a tocar otra vez. Muy pronto teníamos una actuación mensual, luego semanal. Rue's se ha transformado con nosotros: nuestro público se convirtió en su público y viceversa.

Es un público moderno y ecléctico, con partes iguales de heteros y gays, mucha buena voluntad y un poco de drogas. Los viernes por la noche, tienen un espectáculo *burlesque* que también se ha convertido en su propia criatura especial.

Me abro paso entre la multitud hacia ella, aceptando felicitaciones y saludos hasta que llego a la barra y un cliente habitual se desliza de su taburete para ofrecérmelo.

—Siéntate tú. Iba a levantarme de todos modos —me dice.

Rue me entrega una botella de agua.

—Estáis que ardéis esta noche.

—Ah, ¿sí? —No lo sentía así. ¿No es siempre así como va? Las veces que más me esfuerzo son las veces que el público se limita a mirarme. O peor, me ignora. Pero las noches que actúo en automático, todo el mundo nos adora.

—¿Dónde está tu mayor fan? —Rue levanta la barbilla hacia la mesa habitual de Oleg. —¿Ese tipo enorme y silencioso que te mira como si quisiera comerte para cenar?

Me sorprendo mirando hacia la puerta, como si Oleg pudiera aparecer en cualquier momento.

—No sé dónde está. —Obviamente no voy a explicar que mi mayor fan probablemente pertenece a la mafia rusa y recibió un disparo fuera de mi apartamento la semana pasada.

Es curioso cómo nada de eso me revuelve tanto el estómago como mi necesidad de verlo de nuevo. Es casi como si mi cuerpo anhelara estar en su presencia física. Quiero sentarme en su regazo. Sentir la palmada de su mano en mi culo. El peso y la dureza de ese cuerpo grande y fuerte contra el mío otra vez.

¿El hecho de que no viniera? Demuestra que tener sexo con él fue un error.

Oleg se suponía que era la cosa fiable en mi vida. El tipo

que siempre aparece puntualmente. La única constante en mi caótico universo.

Pero ahora hemos tenido sexo, y se acabó. Lo constante se volvió inconstante.

Rue vuelve a preparar bebidas, y yo me quedo sentada, evitando las conversaciones que la gente intenta iniciar a mi alrededor.

Me quedo sentada tanto tiempo que Flynn viene a buscarme para nuestro siguiente set, lo cual es extraño porque normalmente soy yo quien persigue a los chicos para que vuelvan al escenario.

Subo al escenario, lanzando una última mirada funesta hacia la puerta y comienzo el último set.

~

OLEG

Hora de cerrar. No me lo puedo creer, joder. No me he perdido más de un espectáculo de sábado por la noche en Rue's en nueve meses, y esa vez fue para ir a la boda de destino de Maxim y Sasha.

Me siento en el aparcamiento y observo la puerta trasera. La furgoneta de la banda está aparcada atrás, y también el Smart Car de Story, así que sé que todavía están dentro. Solo esperaré hasta que la vea entrar a salvo en su coche.

Pasé la mayor parte de la semana en cama, recuperándome. Y esta noche... simplemente me quedé dormido, joder. Me acosté para descansar mi dolorida cabeza esta tarde, sin imaginar que no estaría despierto y listo para ir al espectáculo de Story a tiempo. No puse ninguna alarma porque pensé que no la necesitaría. Antes me perforaría un pulmón que perderme un espectáculo.

Pero cuando desperté empapado en sudor con la cabeza nebulosa y dolorida, ya era medianoche. Tuve que darme prisa para tomar una ducha rápida y conducir hasta aquí. No debería estar aquí. No tengo ni idea de quién está enviando hombres tras de mí o cómo me localizaron la primera vez. Debería irme antes de poner a mi *lastochka* en peligro. Pero parecía que realmente me quería aquí, y la idea de decepcionarla me mata.

Parpadeo, tratando de ordenar mis pensamientos.

Story sale sola. Tiene los hombros encogidos y camina rápidamente hacia su coche. Es impropio de ella; normalmente está rodeada de amigos y admiradores. Chicos y chicas que quieren acostarse con ella. Amigos que piensan que es guay. Gente que la quiere en sus fiestas para animarlas.

Esta noche no hay sonrisa en su rostro. Ni capullo de multitud.

Maldita sea. La decepcioné.

Como si me sintiera, gira la cabeza y mira directamente a través de mi parabrisas. Hay una acusación en su mirada. Como si estuviera cabreada porque no vine. Ese pensamiento me atraviesa, enderezando mi columna, hinchando mi pecho.

Salgo del Denali antes siquiera de pensarlo, pero las cosas inmediatamente se complican.

Un tipo con chaqueta bomber y una barba que necesita un recorte emerge de la esquina sombría detrás de ella.

—Entra en el coche o tu novia está muerta. —Las palabras en ruso son para mí. La pistola está en la cabeza de Story. Levanto las manos lentamente. Miro alrededor. Un coche acelera y se detiene entre el *mudak* con Story y yo.

Veo a un tipo conduciendo, otro en el asiento del copiloto. Abro lentamente la puerta trasera del coche. No porque vaya a entrar, sino para comprobar cuántos tipos tengo que matar.

Está vacío. Fácil. Solo tengo que esperar hasta que esa

pistola se aleje de la cabeza de Story. No voy a arriesgarme en lo que a ella respecta.

Esperaré hasta que estemos en el coche para matarlos a ambos.

Excepto que el imbécil parece saber lo que es importante para mí porque agarra a Story por el brazo y la lleva al coche.

—Entra —ladra en un inglés muy acentuado. No hace ademán de abrirle la puerta.

Ella me mira con pánico en los ojos, e intento proyectar calma. No permitiré que se la lleven. Ni de coña. Me sacrificaré sin dudarlo antes de dejar que alguien toque un pelo de su cabeza.

Por supuesto, eso es con lo que cuentan. Estoy seguro de que el plan es torturar a Story para hacerme cantar. Revelar la identidad de cada cliente al que Skal'pel' cortó.

¡Joder! ¿Cómo pude dejar que se involucrara en esta mierda?

Story tira de la manilla. Agarro mi pistola, manteniéndola oculta detrás de mi espalda. Nuestras miradas se cruzan a través del asiento trasero del coche.

Solo necesito el momento adecuado.

Una distracción. La pistola apartada de Story.

Mi hermosa y valiente golondrina lee mi mente. Embiste con su estuche de guitarra el vientre de su captor. Disparo a través del asiento trasero, luego disparo al tipo en el asiento del copiloto.

Tengo la garganta del conductor en mi mano. Le rompo el cuello.

Cierro la puerta trasera y limpio mis huellas de la manilla. Corriendo hacia el otro lado, meto el cuerpo del captor de Story en el asiento trasero, cierro la puerta y limpio esas huellas también.

Story ha retrocedido, el shock aún está congelado en su rostro. Sus ojos son el doble de grandes de lo habitual.

¡Joder!

Señalo mi Denali, rezando para que no huya de mí, pero para mi alivio, corre hacia el Denali y sube. Todavía confía en mí. Incluso después de lo que acaba de ver.

Bajo la ventanilla del lado del conductor, pongo el coche en marcha y empujo el pie del conductor hacia el acelerador. Luego conduzco a través de la ventana para sacar el coche del aparcamiento de Rue. Cuando lo llevo al callejón, lo dirijo hacia la calle, corriendo junto a él durante media manzana hasta que estoy seguro de que seguirá recto hacia una carretera principal.

Me doy la vuelta para ver faros detrás de mí, pero son los de mi propio Denali, con Story al volante.

Esa es mi chica.

Corro hacia él, abriendo la puerta del conductor mientras ella se pasa al asiento del copiloto, ágil como siempre.

Nunca he sentido tanta necesidad de hablar. Estiro el brazo y tomo la mano de Story al mismo tiempo que salgo de allí, conduciendo marcha atrás por el callejón con las luces apagadas hasta que salgo del barrio.

El hecho de que no haya hablado me da un miedo de cojones. Estoy seguro de que está en shock. No puedo expresar lo jodidamente agradecido que estoy de que haya subido a mi Denali por voluntad propia.

Porque si no lo hubiera hecho, habría tenido que obligarla. Story ya no está a salvo. Eso está claro. Porque no sé si eliminé la verdadera amenaza esta noche o solo otra banda contratada.

Los ojos de Story están abiertos de par en par, y su respiración es áspera, pero está estirando el cuello, mirando por encima de su hombro. No se ha bloqueado por completo.

Quiero decirle que está bien.

No dejaré que nadie la haga daño.

Necesito que venga conmigo para escondernos por un tiempo.

Quiero decir que lo siento. Lo siento tanto, joder. Nada supera mi angustia por haberla puesto en peligro de esta manera. La convertí en un objetivo. Es imperdonable.

—¿Adónde vamos? —pregunta ella una vez.

Le respondo con lo que espero sea un apretón tranquilizador de su mano. Su teléfono suena, pero no contesta.

Conduzco directamente a mi apartamento en el edificio de Ravil, lo que los vecinos han apodado "el Kremlin" porque todo el edificio está lleno de rusos. Cuando aparco y apago el coche, Story se gira hacia mí. Su cara está pálida y seria.

—¿Vas a contarme qué está pasando?

Joder.

Salgo y camino alrededor para abrirle la puerta, pero ella ya ha saltado fuera, con la correa de su guitarra sobre el hombro.

Acuno su rostro y la miro fijamente, acariciando sus mejillas con mis pulgares.

Ella asiente.

—Estoy bien.

Joder. Esa cosa suya de leerme la mente solo me hace veinte mil veces más adicto a ella.

Respiro aliviado y asiento. Tomo su mano y la guío hasta el banco de ascensores, pasando mi tarjeta que me permite subir al último piso. El ático que Ravil comparte con su célula.

Desde que tuvo un niño en noviembre, sigo esperando que Ravil nos eche a todos, que nos traslade a un piso diferente para poder usar el ático para su nueva familia. Pero al parecer a su nueva esposa Lucy no le importa.

Los otros recién casados, Maxim y Sasha, tampoco parecen tener problema con la vida en comunidad. Lo cual, francamente, es mejor para mí. Es más difícil desaparecer en un grupo más pequeño, y desaparecer es definitivamente lo mío.

Mi *suite* tiene su propia entrada desde el pasillo del ascensor, lo que es bueno porque es tarde. Incluso si no lo fuera, no sometería a Story al caos del grupo ahora mismo.

Creo que la entrada privada se supone que compensa el hecho de que no tengo vista al lago, aunque no me importa. Mis ventanales del suelo al techo dan a la ciudad.

Paso mi tarjeta por la cerradura y abro la puerta. Las persianas están bajadas y la *suite* está a oscuras.

Story entra, y enciendo una lámpara para que pueda ver. Todo en el ático es caro y de buen gusto, pero la decoradora que Ravil contrató captó el mensaje de que no me interesaba nada ostentoso, así que lo dejó prácticamente vacío. Hay una cama de plataforma *king* minimalista, baja, y un gran sillón mullido. Las mesitas y la cómoda son de teca de mediados de siglo. Hay una pequeña mesa con dos sillas frente a la ventana. Probablemente todo es caro, no lo sé. No me importa nada de eso. Es un lugar para dormir, eso es todo lo que me importa.

—¿Este es tu sitio? —Me mira.

Asiento.

Todavía parece conmocionada y rígida. No puedo soportarlo. Haría cualquier cosa, joder, para borrar lo que acaba de pasar allí. Lo que me vio hacer.

¡Joder!

Deja su guitarra acústica y se quita su abrigo de lana color vino, colocándolo sobre el mástil de la funda.

—¿Dónde está la cocina?

Levanto las cejas y hago mímica de comer.

—No, no tengo hambre. Solo me parece raro que no tengas una.

Asiento. No sé cómo empezar a explicar que vivo con

otras siete personas y media: seis rusos, una americana y un bebé llamado Benjamin.

Se quita las botas militares y se dirige al baño. Lleva una minifalda de pana, deshilachada en los bordes, con unas medias rosa pálido debajo. Arriba, lleva una camiseta ajustada con un arcoíris en el pecho y las mangas cortadas. Creo que podría haber pertenecido a un niño antes de ser de Story.

—Vaya. Esto es... precioso. —Abre la puerta de la ducha y observa la ducha gigante. Abre el agua y me mira por encima del hombro. —Parece que hay espacio para dos.

No es coqueteo, casi suena... vulnerable.

Me necesita. Es mi trabajo cuidar de ella. La sigo, quitándome la ropa mientras camino. Ella deja caer su falda al suelo a sus pies y se quita las medias. Le quito la camiseta por la cabeza y le desabrocho el sujetador. No siento la agresión que sentí la última vez. La tormenta salvaje de lujuria que me hizo ser brusco y tosco con ella. Esta vez, la necesidad de cuidarla es demasiado fuerte.

Acaba de verme matar a tres hombres. Vio eso, y aún sigue aquí conmigo. No protestó cuando la traje aquí, y no ha intentado marcharse.

Me pidió que entrara a la ducha con ella.

Pero no está bien. Lo sé en mis huesos, y mi necesidad de consolarla es lo primero.

Sé que tengo razón cuando simplemente se da la vuelta y entra en la ducha. Es como si quisiera lavarse los acontecimientos de la noche. Termino de desvestirme y entro tras ella, cerrando la puerta.

No la agobio, pero ella viene hacia mí, con sus dedos deslizándose por mi pecho velludo.

—¿Por qué no viniste esta noche? —pregunta.

Me estremezco, la pregunta me golpea como un puñetazo

en el estómago. Había intentado convencerme de que no le importaba lo suficiente a Story. Que no le dolería mi ausencia esta noche, pero claramente le dolió. Deslizo mis dedos por su cara, trazando las gotas de agua sobre su nariz, luego sus labios.

—¿Fue por esos tipos?

Joder. No quiero decirle que fue porque me quedé dormido. Y, por supuesto, no tengo forma de darle las palabras, incluso si las tuviera. Me acerco a su espacio, haciéndola retroceder lentamente hasta que choca con la suave pared de cuarzo. Mis manos se deslizan ligeramente por sus brazos. Una se posa en su cintura, la otra se envuelve detrás de su cuello. Apoyo mi frente contra la suya.

—Lo sientes —murmura, haciendo su truco de leerme la mente.

Asiento.

Cuando me mira, hay lágrimas en sus ojos.

—Tengo miedo, Oleg —solloza tomando aire—. No sé qué está pasando, y tú no puedes contármelo.

La rodeo con mis brazos, y ella apoya su mejilla contra mi pecho, llorando. La sostengo hasta que sus lágrimas se calman. No tarda mucho. Sorbe y me aparta con suavidad. Cojo la pastilla de jabón y la hago rodar en una mano, luego empiezo a enjabonarle suavemente uno de sus brazos hasta llegar a sus manos, donde masajeo cada dedo calloso. La giro y le lavo la espalda, masajeando su cuello con firmeza, acariciando sus costados, agarrando su trasero con posesividad.

Ella gime suavemente.

—Sí.

Enjabono su otro hombro y brazo, luego ambos pechos, presionando mi muslo entre sus piernas y acorralándola contra la pared de la ducha. Tiro de su cabeza hacia atrás con mi mano alrededor de su pelo mojado. Ella abre la boca. Nuestros labios se conectan en un beso abrasador y luego se separan.

—Tomo la píldora —murmura.

Compruebo su rostro para asegurarme de que estoy entendiendo bien el mensaje.

—¿Estás limpio?

Asiento. Definitivamente limpio. Solo he tenido sexo dos veces desde que salí de prisión, y en ambas ocasiones usé condón.

—Yo también. —Alarga la mano hacia mi polla.

No iba a llegar ahí a menos que estuviera seguro de que lo necesitaba, pero aparentemente es así.

La empalo con mi erección de una sola estocada. Estar dentro de ella sin nada es otro nivel increíble. Pero esto no es para mí. Es para ella. Necesito darle a mi *lastochka* lo que necesita.

Ella jadea, levantando una pierna para rodear mi cintura, aferrándose a mis hombros para mantener el equilibrio. La lleno, bombeando dentro y fuera, su piel bajo mis manos una forma de adoración.

Su respiración es entrecortada. Su mirada permanece fija en mi rostro, intensificando el momento. Está buscando algo. ¿Conexión? ¿Verdad? ¿Confianza?

Ojalá supiera cómo dárselo. Lo único que conozco son nuestros cuerpos, tan perfectos juntos. Nuestra piel, húmeda y resbaladiza. La comunión de este acto, esta unión para la liberación mutua. Sé que necesito esto tan desesperadamente como ella, aunque de buena gana me negaría el placer si eso significara poder deshacer lo que ocurrió esta noche.

Trabajo su trasero con mis manos, masajeándolo, acariciando entre sus nalgas. Presionando contra su ano.

Sus ojos se abren de sorpresa, y sus caderas embisten frenéticamente, llevándome más profundo, encontrándose con mis embestidas.

¿Te gusta eso? ¿Quieres mi dedo en tu culo mientras te hago correrte?

Eso es lo que diría si pudiera hablarle sucio a mi chica.

Inclino el cuello para fundir mis labios con los suyos, bebiendo sus jadeos mientras introduzco la punta de mi dedo en su ano. Cuando su cabeza se arquea hacia atrás, beso su garganta y bombeo suavemente mi dedo dentro y fuera, solo hasta el primer nudillo mientras mantengo sus caderas cautivas y embisto dentro de ella.

Ella se deshace, lanzándose completamente en mis brazos, con ambas piernas firmemente enrolladas alrededor de mi cintura mientras se corre. Sus uñas marcan mi cuello y hombros, y la contracción de sus músculos alrededor de mi polla desencadena mi propio orgasmo. Me quedo profundo, pero froto su clítoris arriba y abajo sobre mis ingles, con mi erección tensándose con cada pequeña embestida. Me corro dentro de ella, y ella aprieta más, ordeñando mi polla por su semen. Me encanta poder sentirlo todo. Estar dentro de ella sin barreras entre nosotros.

—Oleg. —Suena rota.

No la bajo. No quiero bajarla nunca más. Retiro suavemente mi dedo de su trasero y nos lavo a ambos bajo el agua, luego la saco de la ducha, todavía enrollada alrededor de mi cintura. Cojo una toalla y la envuelvo firmemente alrededor de su espalda y trasero, usándola para sostenerla contra mi cuerpo. Con cuidado, como si estuviera hecha de cristal, apoyo su trasero en la encimera del baño, con la toalla suavemente colocada bajo sus nalgas, y uso los extremos para secarle la cara con palmaditas. Su maquillaje dejó manchas bajo sus ojos, pero no sé qué hacer con ellas. Ya lo resolveremos por la mañana.

Paso la esquina de la toalla entre sus pechos y por su vientre, envuelvo ambos lados para secar sus muslos, y luego la vuelvo a tomar en mis brazos, envuelvo la toalla alrededor de su espalda y la llevo a mi cama.

Story permanece callada todo el tiempo, observándome

con sus grandes ojos marrones. La acuesto con suavidad y apago la luz antes de tumbarme a su lado. El latido caótico en mi pecho se calma cuando ella inmediatamente se acurruca contra mí, amoldando su cuerpo a mi costado, apoyando su cabeza mojada en mi hombro.

—Estás caliente —murmura.

Tiene razón, estoy ardiendo. Pero lo único que me importa es abrazar a Story.

CAPÍTULO 6

*S*tory

Por un momento, al despertar, no reconozco dónde estoy. Las suaves sábanas, la cama cálida. La sensación de comodidad. Hay una sensación de seguridad y de la presencia de otro, pero no puedo recordar del todo...

Abro los ojos, y todo vuelve a mi memoria de golpe.

Oleg.

Es increíble lo reconfortante que me resulta su presencia. Me da estabilidad. Solidez. Cuando estoy con él, el caos en mi cabeza parece calmarse.

Oleg ya está levantado y vestido, sentado en una mesa cerca de las cortinas. Una bolsa de la tienda local de bagels está sobre la mesa, junto con un vaso de café para llevar. El aroma me hace salir de la cama.

No quiero pensar en lo de anoche.

La pistola en mi cabeza.

Los tres hombres que Oleg mató. Los problemas en los que debe estar metido. Sé que necesito exigir respuestas, vamos a encontrar la forma de comunicarnos de una manera u otra, pero una parte de mí ni siquiera está segura de querer saber en qué anda metido.

Fui testigo de un asesinato anoche.

Ni siquiera quiero pensar en todas las cosas horribles que eso podría significar. Ahora mismo, sin conocer la historia de Oleg, puedo inventarme mi propio cuento de hadas. Él es el inocente al que persiguen. Hizo lo que tenía que hacer para protegerme, a la chica que ama, porque me vi atrapada en medio de todo.

Esa es la bonita versión que quiero darle a la historia.

Esto es lo que siempre he hecho. Vivo en el área entre la fantasía y la realidad. Mi vida nunca ha sido estructurada y organizada. Tuve lo opuesto a lo que se podría llamar una "vida familiar estable". Había amor, muchísimo amor, pero no era estable.

Pero, ¿y si es más feo que eso? ¿Y si Oleg es el villano de la historia?

No.

No lo es. Lo sé desde lo más profundo de mi alma. No puede serlo el hombre que me toca como si fuera lo más precioso del universo. Que me mira como si yo fuera el único otro ser en el mundo. No puede ser malo.

Igual que mi madre no es mala por todas sus crisis nerviosas, novios que vivían con nosotros y malas rupturas. Y mi padre no es malo por beber demasiado, acostarse con todas las *groupies* que aparecían en su vida y poner a sus hijos en último lugar.

He vivido en caos total toda mi vida. Creo que por eso elijo vivir sola ahora. Porque mis pensamientos son desordenados y desorganizados, y normalmente cuando añado a alguien más a la mezcla, me pierdo por completo. Excepto que eso no parece ocurrir con Oleg. Quizás porque no habla. No quiero ver eso como una ventaja, pero no solo no añade ruido, *lo absorbe.*

Ahora que lo he identificado, estoy segura de que por eso tenerlo en mis conciertos fue tan fabuloso para mí. De alguna manera me dio espacio en el caos.

—Buenos días, sol —beso su sien.

La mirada oscura de Oleg recorre mi cuerpo desnudo y se vuelve intensa.

Mis pezones se endurecen ante su apreciación.

Provocándolo deliberadamente, bailo fuera de su alcance hacia la pared de cortinas, curiosa por ver qué hay detrás. Las abro de golpe y jadeo.

—¡Vaya!

Es toda una pared de ventanales del suelo al techo con vistas a la ciudad.

—Esto es increíble, Oleg. —Echo otro vistazo al lugar a la luz del día, asimilando lo que, en el shock del trauma de anoche, no logré notar. Este sitio es precioso. Y caro. Es extraño porque es solo un estudio sin cocina, ni siquiera una mini nevera, a menos que me esté perdiendo algo, pero es de muy alta gama. Estamos en una especie de pequeño ático en la parte superior de un edificio que debe estar muy cerca del lago Michigan. Apuesto a que otros apartamentos del edificio tienen vistas al lago.

—¿Puede la gente ver hacia dentro? —pregunto, dándome cuenta de que, si pueden, estoy ofreciendo todo un espectáculo.

Oleg hace un sonido de chasquido con los labios. Me giro para encontrar una camiseta volando por el aire hacia mí.

—Gracias. —La atrapo y la despliego. Es una de las camisetas de Oleg, de algodón suave y verde cazador. Es gigantesca. Me la pongo por la cabeza, y casi me llega a las rodillas.

—¿Es esto un hotel?

Oleg niega con la cabeza.

—¿Este es tu sitio?

Un asentimiento.

—Me encanta. —Corro pasando junto a él para saltar sobre la cama, que, tristemente, no rebota. —Excepto que tu cama no tiene muelles. —Cojo una almohada y se la lanzo. —Necesitas una cama con muelles, para que pueda saltar encima.

Él atrapa la almohada. Las comisuras de su boca se mueven en una sonrisa apenas perceptible. Me doy cuenta de que nunca, ni una sola vez, he visto a este hombre sonreír. Su cara suele ser tan inexpresiva como su voz, lo que lo hace doblemente difícil de interpretar.

He estado guiándome solo por sus miradas intensas, interpretándolo todo en ellas. O quizás solo por su presencia sólida.

Salto de la cama y voy hacia él, como atraída por un imán. Ahora que me ha tocado, no puedo tener suficiente. Necesito más de este hombre gigante como un oso que siempre me está observando. Le empujo hacia la silla y me subo a su regazo, teniendo cuidado de evitar su herida. Supongo que como no puede darme sus palabras, anhelo el contacto físico con él. Ni siquiera sexual (aunque *¡santo cielo, lo de anoche!*). Pero aceptaría cualquier contacto ahora mismo.

Oleg me atrae hacia sí, moldeando sus brazos alrededor de mis caderas y mi espalda para acunarme contra él. Apoyo la cabeza en su hombro gigante, y él abre la bolsa de bagels y me la pone bajo la nariz.

Meto la mano en la bolsa y busco uno de canela con pasas. Oleg abre el queso crema y me pasa un cuchillo de plástico.

—Mmm, esto está bueno. —Alcanzo el café, abriendo un pequeño recipiente de nata y vertiéndolo dentro—. A estos los hacen demasiado pequeños, ¿no crees?

Por supuesto, él no reconoce mis palabras. Realmente no espero que lo haga. Está bien, puedo hablar suficiente por los dos.

—Necesito como cinco de estos para un café. —Abro los otros tres sobres que había en la mesa y los vacío en mi taza, luego pruebo mi café. Todavía está demasiado negro.

La frente de Oleg se arruga, como si estuviera preocupado.

Me encojo de hombros.

—Sobreviviré. Solo estoy agradecida por el café. ¿Tú no lo tomas?

—¿Cuándo fuiste a por bagels? —Me acomodo en su regazo para extender el queso crema. Me giro para mirarlo y levanto las cejas. Juro por Dios que va a tener que empezar a *intentar* comunicarse. Es decir, podría gesticular. Podría dibujar, como hizo en mi apartamento para hacerme saber que moviera la furgoneta.

Esto es un problema para mí. Oleg no solo no habla. Es como si hubiera abandonado también todos los otros métodos de comunicación.

Quizás nadie lo intenta con él. Lo han descartado. O él mismo se ha descartado. Ese pensamiento envía una punzada de dolor directa a mi pecho porque suena a verdad, pero me blindo contra ello.

Sé que probablemente estoy loca. La señal de alarma debería haber sido cuando le dispararon frente a mi apartamento o cuando le vi asesinar expertamente a tres hombres en unos quince segundos. Pero eso no es lo que me preocupa. No sé, ya he visto y experimentado cosas bastante locas en mi corta vida. He presenciado la muerte antes. No asesinatos, pero sí una sobredosis en una fiesta y un accidente de coche. Ah, y dos amigos se suicidaron cuando estaba en el instituto. Mi tolerancia al trauma se ha fortalecido.

Para mí, la señal de alarma es este lado de Oleg. El hombre de rostro pétreo que no responde a preguntas directas. Yo quiero al tipo que hace sentir y oír sus pensamientos, a través de su tacto, a través de su energía. El tipo que conocí en mi apartamento antes de que aparecieran sus amigos.

No sé qué le pasa. No sé quiénes eran esos hombres ni qué querían de él. No sé en qué está pensando Oleg en absoluto, ni qué planea hacer. Pero sí sé que Oleg necesita encontrar la manera de explicarme las cosas.

Ojalá tuviera un smartphone. Probablemente podríamos encontrar una aplicación para traducirnos mutuamente, pero todo lo que tengo es mi móvil de tapa. He sido terca en cuanto a actualizarme, en parte porque me gusta lo mucho que sorprende a la gente que siga con la tecnología más antigua de telefonía móvil y en parte porque es un gasto que no me apetece asumir. Mi dinero va para cosas de la banda. Nunca he necesitado un teléfono sofisticado.

Termino mi bagel y mi café.

—Te eché de menos anoche. En mi actuación. —No lo digo para hacerle sentir mal. Solo porque quiero que lo sepa. Él importa. Puede que apenas habláramos durante todos esos meses, pero sentía su participación tan vital y visceralmente como sentía las cuerdas bajo mis dedos o el micrófono en mi mano.

Su mirada contiene arrepentimiento.

—¿Dónde estabas?

Su expresión se cierra. Se vuelve inexpresiva. Es su cara de no respuesta. La frustración crece en mí. Vuelvo a meter la guitarra en la funda.

—¿Estabas escondido?

Sin respuesta.

—¿Por qué te perseguían esos tipos?

Por supuesto, no puede responder a eso, pero se ha cerrado completamente y eso me vuelve jodidamente loca. Cierro los pestillos de mi funda de guitarra y me deslizo fuera de la cama.

—Escucha, no puedes hacerme esto. Sé que no puedes

hablar, pero hay muchas otras formas de comunicarse, y ni siquiera lo intentas.

Me mira fijamente, con los ojos muy abiertos. Al menos he conseguido que cambie su expresión.

Espero, pero sigue sin moverse. Ningún gesto. Ningún intento.

—Bueno, no me voy a quedar para esto —digo, aunque se siente completamente mal irme.

Y yo abandono crónicamente.

Pero esto habría pasado eventualmente. Lo sabía cuando empezó. Es cómo se desvanecen todas mis relaciones. Esta simplemente explotó en lugar de desvanecerse. Definitivamente lamento que las cosas hayan acabado así, pero necesito cortar por lo sano e irme.

Oleg me agarra del brazo. Su mano es suave, pero me sujeta con firmeza. Le miro a los ojos. Niega con la cabeza.

—No, ¿qué? Tienes que darme más.

Señala hacia la puerta y niega con la cabeza. Vale, lo está intentando, pero eso me cabrea aún más. No tiene derecho a decirme que no me vaya cuando se niega a intentar comunicarse de otra manera. Me zafo de su contacto. Voy al baño para usar el retrete y el enjuague bucal. Encuentro mi ropa. Me pongo las bragas, las medias y la falda, que apenas se ven bajo su camisa larga.

Oleg está de pie en medio de su hermoso apartamento. Me observa, con inquietud en los hombros.

—Nos vemos luego. —Me pongo de puntillas y le beso en la mandíbula. Un músculo se tensa en ella. Sé que está negando con la cabeza, pero lo ignoro y me dirijo a la puerta donde me calzo las botas y recojo mi chaqueta y la guitarra.

Siento a Oleg moverse detrás de mí, pero no reconozco su presencia. No hasta que su gigantesca manaza se apoya en la puerta para evitar que la abra.

—¿En serio? —Mi voz gotea incredulidad. —¿Vas a detenerme? —Estoy acostumbrada a que Oleg sea un caballero. Mantenerme cautiva parece fuera de su carácter.

Su mano no se mueve.

Giro para enfrentarle, con la barbilla alta. Hay arrepentimiento en su expresión. Sus cejas están bajas, sus ojos turbados. Niega con la cabeza.

Se me ocurre que la narrativa en mi cabeza podría ser totalmente diferente a la suya. ¿Me está deteniendo porque intenta protegerme o me está manteniendo prisionera? Un pensamiento sobrio me viene a la mente. ¿Está preocupado de que llame a la policía para denunciarle?

—No le contaré a nadie lo de anoche. Lo sabes, ¿verdad?

Asiente sin dudar.

Vale, confía en mí.

—De acuerdo. Bien. Realmente necesito volver a casa.

Sigue sin querer retirar la mano.

—Oleg. —Empujo su pecho, lo que no me lleva exactamente a ninguna parte. —¡No me voy a quedar aquí para que me ignores!

Sus ojos se abren sorprendidos. Quita la mano de la puerta. Aprovecho el momento y agarro el pomo para abrir la puerta de un tirón.

Se cierra de golpe en mi cara. Oleg me da una palmada en el culo como si fuera una niña traviesa. Escuece y hormiguea, haciendo que el calor florezca en mi interior.

—¿En serio? ¿Vas a darme una palmada? —Ahora estoy molesta y excitada. Mis bragas ya están húmedas. Le lanzo una mirada desafiante por encima del hombro. —Pues será mejor que termines lo que has empezado, o solo voy a estar cabreada.

Sus cejas se arquean. Se mueve lentamente, como si estuviera asegurándose de que me ha entendido correctamente, capturando ambas muñecas con una de sus manos y acorralándolas contra la puerta. Cuando no protesto, me da otra palmada en el culo con su otra mano, más fuerte esta vez, y después estruja mi ofendida nalga.

Dejo escapar un suspiro tembloroso, con mi sexo contrayéndose. Él empuja mis pies para separarlos más. Arqueo la espalda y le muestro que realmente lo deseo. Me quita la camiseta por la cabeza y aplasta mis palmas contra la puerta. Dejando mis manos libres, rodea mi cintura con su antebrazo y baja mis bragas por mis muslos. Luego enciende mi trasero con azotes rápidos y duros. Como siempre que Oleg decide avanzar, no se contiene.

Jadeo y aprieto mis nalgas. Es demasiado pero también tan bueno, tan emocionante para mí, que me muerdo el labio para evitar protestar.

Me retuerzo bajo la avalancha. Está justo en la línea entre dolor y placer. Lo odio y lo amo al mismo tiempo. Pero cuando desliza los dedos de su otra mano entre mis piernas y cubre mi sexo con la palma mientras sigue azotándome, me inclino *totalmente* hacia el lado del placer. Un placer delirante y erótico.

—Sí —susurro, gimo cuando sus dedos comienzan a moverse entre mis piernas. Arqueo la espalda, saco el trasero, me froto contra su palma. Es increíble.

Lo mejor del mundo.

—Ay. Oh... Oleg —jadeo.

Tan inesperado. No tenía idea de que me gustarían este tipo de cosas.

Uno de sus dedos se hunde en mí mientras continúo cabalgando su palma. Estoy bailando bajo los fuertes azotes que me da, retorciéndome y sacudiéndome. Mi mejilla se presiona contra la puerta. Ni siquiera reconozco a la mujer jadeante y necesitada que gotea excitación por los dedos de Oleg mientras me azota con fuerza hasta que...

Me corro.

Oh, Dios, cómo me corro. Explosiones calientes y rápidas de placer como estallidos de palomitas se disparan en mi interior. Veo estrellas.

Extiendo la mano hacia atrás para proteger mi trasero de más azotes, Oleg instantáneamente la dobla tras mi espalda como si fuera su prisionera y masajea mi carne castigada con apretones rudos. Su otra mano sigue trabajando entre mis piernas, con los dedos hundiéndose lentamente mientras me froto contra la copa de su mano.

Oleg

Saco mis dedos de Story. Mis labios encuentran su mandíbula, se arrastran hasta su oreja, dejando un rastro de besos ardientes contra su piel suave. Respiro su dulce aroma a vainilla. Mi *shalun'ya* adoró sus azotes. Sus jugos cubren mis dedos, su pulso bajo mis labios sigue agitado. Desearía haber prestado más atención a las conversaciones en la sala sobre azotar a mujeres.

Ravil conoció a su esposa Lucy en un club privado en Washington D.C. donde le hizo algo así. Y el mes pasado Pavel esclavizó consensualmente a una amiga de Sasha después de dominarla en el club hermano de Los Ángeles. Pasa sus noches exigiendo su obediencia sexual por videoconferencia cada noche y vuela allí para atarla y lastimarla en persona cada fin de semana. Eso ya es más de lo que quería saber. No presté atención a las bromas porque imaginar a mis compañeros de piso teniendo sexo *kinky* no es como quiero pasar mi tiempo.

Ahora, sin embargo, desearía conocer más matices. Sigo pasando lentamente mi dedo medio por su carne abundante y húmeda. Cada vez que rodeo su clítoris, se corre de nuevo, una réplica que hace que sus músculos se aprieten y se eleven, y su respiración se entrecorte.

¿Quiere mi polla? ¿Qué parte de esto le gustó? ¿El dolor o la dominación? Quizás no el dolor porque cubrió su trasero al final como si fuera demasiado. Pruebo mi teoría y uso sus muñecas detrás de su espalda para maniobrarla hacia la cama.

Va fácilmente. Voluntariamente. Dócilmente. Quiere más.

Al menos eso creo. Me siento en el borde de la cama y la coloco entre mis rodillas. Mi polla lucha por salir de mis vaqueros. La libero de las bragas aún enredadas en sus muslos. Sus mejillas están coloradas, sus ojos vidriosos.

Tiro hacia abajo de sus caderas, y ella sigue la orden, cayendo de rodillas. Estira su mano para alcanzar mi polla, pero agarro sus manos y las coloco sobre su cabeza, haciendo que sus pechos se levanten y separen. Sus pezones están duros y gruesos. Me inclino hacia adelante para usar mis labios en uno. Puedo hacer una ligera succión con ellos. Paso mi dedo dentro de mi boca para recoger saliva y la extiendo alrededor de su pezón.

Deja escapar un pequeño gemido.

—Esto... me pone. —Su voz está ronca. Aprieto su trasero e inclino la cabeza para pedirle que continúe. —Me gusta cuando te pones en modo Gran Papi conmigo. Muchísimo. —Su cabeza cae hacia atrás cuando muevo mi boca al otro pezón. —Ni siquiera sabía lo que me estaba perdiendo. Pero ahora... —Se lame los labios, haciendo que mi polla salte contra la cremallera. Baja la mirada hacia ella y la levanta para encontrarse con la mía de nuevo. —Creo que puede que hayas arruinado el sexo normal para mí.

Joder. Libero mi erección.

Ella intenta alcanzarla, pero una vez más, detengo sus

manos, esta vez doblándolas detrás de su espalda nuevamente. Acuno la parte posterior de su cabeza y guío su preciosa boca hacia abajo para que se deslice sobre mi polla.

Casi me corro en el momento en que me toma. Caliente. Húmeda. Exuberante. Su boca es deliciosa. Tengo que hacer todo lo posible para no empujar mi polla muy proporcionada por su delicada garganta.

Parece que le encanta su posición: ser mantenida pseudo-cautiva por mí. Ser pretendidamente obligada a hacerme sexo oral. Mueve la cabeza sobre mi polla con entusiasmo, usando su lengua para recorrer la parte inferior, para lamer alrededor de la cabeza. Cubre sus dientes con sus labios y sube y baja sobre la cabeza con movimientos cortos y rápidos.

Mis dedos se enredan en su pelo rubio champán pálido, tensándose con el placer.

Me mata no tener lengua para devolverle el favor. Si la tuviera, nunca dejaría que me chupara la polla a menos que estuviera sentada en mi cara. Siempre querría hacerla correrse primero. Correrse más fuerte. Más alto.

Mi dulce *lastochka.*

Quiero correrme, pero prefiero guardarme todo para el placer de Story, así que la detengo, tirando suavemente de su pelo para apartarla de mí. Se lame alrededor de los labios, con un toque de desafío en sus ojos.

Definitivamente quiere más.

Gracias a Dios. Me siento más que humilde porque quiere algo de mí. Que lo está tomando de mí. Después de lo que pasó anoche, y después de que acabo de evitar que se fuera, bien podría haber terminado conmigo para siempre. Podría haber ido de un millón de maneras diferentes a esta, y estoy infinitamente agradecido de que estemos aquí.

Ella se levanta, y se lo permito, necesitando que me

muestre lo que necesita. Se pone a horcajadas sobre mi cintura, agarrando mi polla y guiándola dentro de ella.

Dejo escapar un gemido. Normalmente intento reprimir todos los sonidos de mi boca porque odio escuchar las sílabas incoherentes, pero este suena como debería. Como placer. Como gratitud.

Story desabrocha mi camisa mientras mueve lentamente las caderas, tomándome un poco más profundo cada vez. Cuando consigue abrir la camisa, me la quito de un tirón y alcanzo detrás de mi cuello para quitarme la camiseta con una mano.

—Mmm —murmura Story—. Eso es sexy. —Sus uñas con las puntas azules arañan a través del vello de mi pecho. —Estoy tan caliente por esto. Por ti. —Está balbuceando sin aliento.

Quiero contener la respiración para asegurarme de no perderme ni una sola sílaba. Para memorizar cada palabra.

—Eres como un gran oso papá que da azotes y luego mimos. Definitivamente voy a ser tu chica mala.

Blyad! Sus palabras rompen la correa de mi control. Manteniendo mi polla enterrada dentro de ella, la volteo sobre su espalda y comienzo a embestir dentro de ella. Ondula sus caderas con entusiasmo, doblando las rodillas para recibirme. Agarro sus muñecas y las inmovilizo junto a su cabeza, follándola con más fuerza de la que debería.

—Oh, Dios —gime—. Eres tan grande. Es tan bueno.

Cambio a embestidas cortas y rápidas, martilleándola. Sus tetas rebotan. Sus ojos se ponen en blanco. La visión de su expresión de éxtasis casi me hace correrme, y quiero asegurarme de dárselo bien, así que salgo y la giro sobre su vientre.

—Oh, Dios, sí —me anima, abriendo ampliamente las piernas. Su trasero está rojo por mi mano, más rojo de lo que esperaba, pero cualquier culpa que pudiera sentir se borra cuando me mira por encima del hombro.

Lo desea.

Es la primera vez que realmente he creído que hay un Dios en este mundo.

La primera vez que me he sentido bendecido.

La penetro por detrás, estremeciéndome de placer por el ángulo.

—Sí, sí, sí —canta Story—. Eso es tan bueno. Hola punto G, mi amor.

Me arqueo dentro y fuera de ella, azotando su lindo trasero con mis cojones cada vez que la embisto.

Ella apoya sus manos contra la pared y arquea su trasero para mí, creando la imagen más caliente que he visto en mi vida.

Quiero decirle lo preciosa que es. Lo increíblemente sexy y hermosa y alucinante, pero no puedo. Así que me conformo con follarla con cada pizca de pasión en mi corazón. El tiempo se ralentiza. O quizás se acelera. No puedo estar seguro. Mi mente se escapa. Mi cuerpo y el de Story se unen, mi espíritu y el de Story comulgan.

Le ofrezco todo lo que tengo: mi fuerza, mi dominio, mi protección, pero con ello también vienen todas mis debilidades: las manchas de mis pecados, mi desfiguración, mi necesidad obsesiva por ella. Ella lo recibe todo. Como la diosa que sabe que todo es suyo. Para recibirlo, transmutarlo y devolverlo. Ella es el amor mismo. O quizás soy yo. Lo que siento por ella. No puedo distinguirlo porque todo se funde en un magnífico derramamiento de energía.

Ella se corre primero, pero en el momento en que lo hace, un apretón de sus músculos, yo también me corro. Rujo, olvidando reprimir, censurar mis ruidos. Rujo y embisto hasta el fondo, mi semen abandonándome en ardientes cintas de éxtasis.

Cierro los ojos con fuerza porque la habitación da vueltas. Me olvidé de mis heridas, demasiado absorto con mi pequeña traviesa.

Salgo y la volteo, luego vuelvo a empujar para tres embestidas más deliciosas. Extraigo otro orgasmo de mi pequeña golondrina. Ella mantiene mi mirada mientras se arquea y se corre debajo de mí.

Tarareo suavemente. *Ya lyublyu tebya.*

Ella se queda quieta y parpadea hacia mí, casi como si hubiera escuchado mis pensamientos.

Mi *lastochka* lee mentes. O proyecté mis sentimientos tan claramente que no necesitaba hablar. Entierro mi cara en su cuello, besando su suave piel por el costado, luego a través de su garganta. Adorando a mi gloriosa golondrina.

Era demasiado pronto para un *te quiero.* Y Story es un pájaro huidizo.

Story se muerde la mejilla.

—Oleg, yo no... —Pongo un dedo en sus labios. Por supuesto, ella no me quiere. Apenas me conoce. No es algo que hubiera dicho en voz alta si hubiera podido.

Envuelve sus piernas alrededor de mi espalda para atraer el resto de mi cuerpo sobre el suyo, como si el contacto visual fuera demasiado intenso para ella. Nos giro a ambos hacia un lado para evitar aplastarla.

Ella esconde su cara contra mi pecho.

—Realmente no mantengo relaciones. —Sus palabras están amortiguadas contra mi piel. Su aliento mueve los pelos de mi pecho. —Por eso nunca te pedí que me llevaras a casa. Las relaciones siempre terminan rápido para mí. No hago eso del amor. Mi madre arruinó su vida persiguiendo el amor. —Frota su mejilla contra mi pecho, casi como lo haría un gato. —Realmente no quería que lo nuestro terminara. Me gustaba lo que teníamos. Tú viniendo a mis shows. Observándome. Apoyándome. Me gustaba y no quería que acabara.

Suena conmocionada.

La rodeo con mis brazos y la abrazo fuerte y tarareo de nuevo. *Ya lyublyu tebya.*

No pretendo proyectarlo. Ni siquiera pretendía pensarlo, pero es la verdad. La quiero. No me importa si ella no me quiere. Incluso si no me acepta, nunca dejaré de ir a sus shows.

CAPÍTULO 7

S *tory*

Me acurruco junto a Oleg en la cama baja y me froto el trasero, que aún me escuece por la enorme palma de Oleg.

—Me has dado una azotaina. —Hay diversión en mi tono. Un toque de asombro. —¿Eso es como... lo tuyo? —Definitivamente ahora creo que es lo mío. —¿Haces eso con todas las chicas con las que estás?

No responde.

—Tío. —Le pellizco el pezón, y él me agarra suavemente la mano. —Te he hecho una pregunta. Que no puedas hablar no significa que no debas intentar comunicarte.

Me atrae de nuevo para acurrucarme más cerca de su cálido pecho y niega con la cabeza.

—¿No? ¿No haces eso con todas las chicas?

Otra negación. Su mano se desliza para agarrar mi trasero con posesividad. Hace que mi estómago dé un vuelco de emoción.

—¿Solo conmigo? ¿Soy la primera?

Se encoge de hombros y asiente. Me acaricia los muslos, por la zona donde la nalga se encuentra con el muslo.

—Fuiste tan reservado para dar cualquier paso conmigo durante todos esos meses. Solo venías, te sentabas y observabas. Ahora descubro que eres apasionado y salvaje. —Me apoyo en un codo para mirarle a la cara. Tiene pequeñas cicatrices bajo la barba incipiente. El tipo ha tenido muchas peleas.

—Oye, necesitamos encontrar una manera de comunicarnos.

Asiente y se inclina hacia la mesita de noche. Veo que ha escrito una lista con las letras del alfabeto latino con los símbolos cirílicos al lado de cada una.

—Estás aprendiendo nuestro alfabeto. —Mi corazón da un vuelco. —¿Por mí?

Sus cejas se fruncen mientras asiente, lo que interpreto como *por supuesto, por ti.*

Me incorporo más, apoyando la mano.

—Deberíamos aprender lenguaje de signos.

Oleg parpadea mirándome.

—Seguro que lo enseñan en el instituto comunitario. Podemos aprenderlo los dos. Tus amigos también pueden aprenderlo. —Estoy bastante entusiasmada con mi idea, aunque no sé por qué estoy haciendo planes a largo plazo con este chico. Me da pánico.

Oleg asiente, observando mi cara como si temiera que desapareciera si aparta la mirada.

—¿Sí? Entonces lo investigaré.

Quizás incluso ceda y finalmente consiga un *smartphone*, para que podamos usar traductores por mensaje.

Saco mi guitarra y me siento con las piernas cruzadas en su cama. Oleg permanece donde está, observándome con la misma intensidad con la que me mira cuando actúo. Le observo mientras me observa, y pruebo la canción en la que he estado trabajando. La que trata sobre sexo. Con él. Tengo un estribillo, pero aún no las estrofas. Ni el gancho.

No canto la letra, pero la escucho en mi cabeza mientras pruebo las notas.

Estoy contra la pared / tus manos enredadas en mi ropa

Estoy besando, mordiendo, suplicando por más

Sabiendo que, una vez lanzado este cohete, nunca volverá a su estado

Sabiendo que, una vez lanzado este cohete, nunca más me traerás.

Sin embargo, la inspiración no es mía en este momento. Estoy demasiado saturada con la intensidad de anoche y esta mañana. La confusión mental de mi continua negación sobre todo esto. Se me da muy bien compartimentar.

En su lugar, toco la melodía de "Brown-Eyed Girl" de Van Morrison. No sé por qué salió esa canción en particular; es una canción que mi padre solía tocar para mí cuando era pequeña. Decía que era mi canción porque tengo los ojos marrones. Creo que siempre me hizo sentir amada.

Así es como me siento ahora mismo, tocando bajo la ardiente mirada de Oleg. Si tan solo pudiera unir todos los pequeños momentos en los que me he sentido amada en mi vida. Tejerlos en un tapiz que permaneciera.

Pero no es así. Sé perfectamente que no sería así.

Cierro los ojos y canto las palabras suavemente, hundiéndome en la melodía. Mis dedos se deslizan por los trastes de memoria, conociendo las notas por el tacto. De corazón.

Oleg no puede cantar conmigo y, sin embargo, juro que le siento escuchar. Absorbiendo cada nota. Cada palabra. Entretejiendo el mismo sentido de placer que yo siento en la música. Mi placer, el suyo. El suyo, el mío.

Cuando dejo de tocar, abro los ojos y le miro.

Mi teléfono suena desde mi bolso junto a la puerta. Oleg se levanta y se abrocha los pantalones. Recoge mi teléfono y mira la pantalla. La foto de Flynn parpadea en el frontal. Por un momento, pienso que quizás no me deje contestar, pero me lo entrega.

—Hola —respondo, mirando a Oleg. Mi estómago se contrae mientras la realidad vuelve de golpe.

—Hola. —La voz de Flynn suena ronca por el sueño. —Solo me aseguraba de que estabas bien. Intenté llamarte anoche cuando vi que tu coche seguía ahí.

—¿Lo hiciste? Lo siento, no lo oí —miento. En realidad, me conmueve que mi hermano fiestero esté pendiente de mí. Casi siempre es al revés. Me preocupo por él al día siguiente porque me fui de una fiesta a las cuatro de la madrugada, y él seguía allí, colocadísimo.

—Bueno, estás bien, solo quería comprobarlo. No necesito los detalles.

—Sí, todo está bien. —No sé por qué vuelvo a mirar la cara de Oleg. ¿Está bien? ¿Las cosas van a estar bien para él? La verdad es que no sé la respuesta real. Sí sé que cuando intenté irme, me detuvo. Pero luego lo olvidé rápidamente porque me hizo llegar al orgasmo dos veces.

—Vale. Hasta luego.

—Sí. Adiós —cuelgo.

Oleg asiente como si lo aprobara. Si aprueba que Flynn me esté controlando o si aprueba mi respuesta, no puedo estar segura.

Me levanto y voy al baño.

—Voy a ducharme otra vez —le digo a Oleg.

Solo estoy ligeramente decepcionada de que no me siga. Realmente no creo que pueda aguantar más sexo en este momento. El tipo es enorme y salvaje, y definitivamente estoy dolorida.

Aun así, ya estoy emocionada por hacerlo todo de nuevo. No puedo esperar para experimentar de esta nueva manera. Para ser su chica mala. Recibir su castigo y dominación con el placer de estar envuelta en sus brazos cuando todo termine. Algo que nunca había deseado antes.

Definitivamente soy como un gato cuando se trata de hombres. Los quiero en mis propios términos. Voy a ellos cuando quiero. Me marcho cuando quiero. Soy lo opuesto a ser pegajosa. Así que el hecho de que me guste que me abracen después del sexo es jodidamente extraño. Pero el sexo fue intenso.

Igual que Oleg.

Quizás esa sea la adicción.

Abro el agua y me doy una larga ducha, negándome a procesar los pensamientos incómodos que rondan por mi cabeza. Anoche estaba demasiado conmocionada para examinar todo, y ahora no quiero hacerlo.

Oleg está en problemas. Sé eso al menos. Alguien quiere algo de él. Primero lo atacaron frente a mi casa. Luego lo encontraron en el bar de Rue. Y me agarraron a mí para intentar forzarlo a entrar en un coche. Lo que significa que yo soy su punto débil. Soy la influencia que tienen sobre él.

Es estúpido que me sienta halagada por eso. Pero lo más estúpido es cuánto deseo quedarme aquí con él. Cuánto creo que este problema también es mío. Que estamos juntos en esto.

Pero no hay un "juntos" si él no puede o se niega a explicarme las cosas.

De todos modos, no debería haber un "juntos", porque no planeo quedarme el tiempo suficiente como para convertir esto en una relación.

OLEG

Story se vuelve a poner la ropa de anoche y saca una de

mis camisas abotonadas del armario para ponérsela sobre su diminuta camiseta.

—¿Te importa si me pongo esto?

Asiento, absurdamente complacido de ver mi ropa sobre su cuerpo. Ella la deja abierta, como si fuera una chaqueta larga.

—Así que, si ese es tu armario, ¿qué es esto? —Abre la puerta que da al resto del ático.

Desde el salón, nos llegan los sonidos de voces y del pequeño Benjamin quejándose como si estuviera a punto de quedarse dormido.

La boca de Story se abre en una "O" exagerada.

—¿Quién está ahí abajo? —dice en un susurro teatral exagerado. Camina de puntillas como si estuviera en un episodio de Scooby Doo.

Dudo. Mi parte egoísta quiere mantener a Story solo para mí. Además, no les he contado a los chicos lo que ocurrió anoche. Y debería haberlo hecho. Ravil me cortará las pelotas por la omisión, pero puede que me las corte cuando descubra mi pasado de todos modos, así que pierdo en ambos casos.

Ella corre por el pasillo sobre las puntas de sus pies descalzos como una niña pequeña, deteniéndose al final para asomarse por la esquina hacia el salón.

Me aprieto detrás de ella, rodeando su cintura con mi brazo. Mi cabeza está espesa, todavía me duele a veces por la conmoción cerebral.

—No vives solo —dice con voz de asombro—. Eso explica la falta de cocina en tu habitación.

La empujo suavemente hacia el espacio abierto.

El salón es el lugar de reunión habitual. Dima está sentado frente a su ordenador delante del televisor. Pavel está en el sofá mirando con él. Maxim y Sasha están en la cocina. Nikolai come en la barra del desayuno. Ravil tiene a

Benjamin sobre su hombro, y está bailando frente al muro de ventanas que dan al lago Michigan.

Sasha nos ve primero y lanza un grito de alegría. Apaga la batidora que está usando para hacer un batido. —¡Story está en casa!

Ella y Maxim llevan su ropa para correr. Probablemente acaban de volver de hacer *footing*. Sasha, que es tan amigable y social como yo silencioso, conoció a Story en el bar de Rue la noche que todos decidieron venir a ver a la chica de la que me había enamorado. Se aseguró de que Story supiera mi nombre y de que yo no fuera un acosador total.

Pavel apaga el televisor y gira para mirarnos.

—Oleg, eres una bestia.

—Cállate —dice Sasha, lo cual es bueno porque yo estaba diciendo lo mismo con mi mirada—. Mira, déjame hacer las presentaciones otra vez porque probablemente no te acuerdes. Soy Sasha, este es mi marido Maxim. Nikolai y Dima son gemelos, por si no lo habías adivinado. Pavel está en el sofá, enviando mensajes sexuales a su novia de Los Ángeles a la que vio hace solo unas horas, y ese es Ravil con el bebé. Este es su lugar.

Una forma muy diplomática de decir que Ravil es nuestro jefe. Sasha tiene una forma tan sencilla de hablar, y Maxim también. Ahora que han llegado a amarse, se han convertido en toda una pareja poderosa. Especialmente con su dinero y la estrategia de él.

Ravil mira hacia nosotros, mientras Benjamin sigue quejándose en su hombro. Incluso con esa distracción, su mirada es astuta. Nunca he traído a nadie al ático en todo el tiempo que he vivido aquí. No socializo. No salgo, excepto para ir al bar de Rue.

—Así que esta es Story —dice con ligereza—. Siento no haber ido aún a escucharte tocar. Soy el jefe de Oleg.

Story saluda con la mano.

—Encantada de conoceros a todos… de nuevo. ¡Este lugar es increíble! —Hace un gesto hacia la vista del lago.

Saco un taburete de la barra del desayuno para que se siente. Debe de estar empezando a tener hambre después de tanto sexo. Yo sé que lo estoy.

—Creo que esta mañana oí tocar una guitarra, pero pensé que era la radio de alguien. ¿Cómo fue el concierto anoche? —Sasha interroga a Story.

Story me lanza una mirada. Hago un leve gesto negativo con la cabeza, que parece entender.

—Estuvo bien. Sí. —No dice ni una palabra sobre los hombres que maté.

Voy a la cocina y saco los ingredientes para un sándwich, luego los levanto con cara interrogante.

—¿Un sándwich? Me encantaría, gracias.

Sasha y Maxim intercambian una mirada, como si les pareciera increíble que esté haciendo un sándwich. O quizás que esté ofreciéndome a hacerle un sándwich a otra persona. O simplemente que esté comunicándome.

—¿Te gustaría un batido de mango? —ofrece Sasha, levantando la batidora.

—Claro. Gracias.

Sasha le sirve un vaso lleno a Story y apoya los codos en la barra del desayuno frente a ella.

Ravil consigue que Benjamin se duerma y se acerca para darle la mano a Story.

—¿Quién es este dulce bebé? —arrulla ella con voz suave, para no despertarlo.

Ravil gira para que Story pueda ver la pequeña cara dormida del bebé.

—Este es Benjamin. Hoy cumple cuatro meses.

—Feliz cumpleaños de cuatro meses, pequeñín —canturrea Story con una voz suave infantil, frotándole ligeramente la espalda—. Enhorabuena, es angelical.

Estoy fascinado por ella. Lo hermosa que se ve hablando con el bebé. Lo fácil y natural que todo le resulta. He vivido con estas personas durante dos años (los hombres son mis hermanos de la bratva) y ella parece más cómoda que yo con ellos después de un solo minuto.

Preparo dos sándwiches y corto una manzana, luego se los llevo en dos platos a Story.

—Gracias. Mi esposa está recibiendo un masaje en el dormitorio ahora mismo, pero con suerte la conocerás pronto.

—¿Con Natasha? —interrumpe Nikolai—. Creo que yo también reservaré con ella.

La cabeza de Dima gira bruscamente y mira furioso a su hermano.

—¿De qué estás hablando?

—Un masaje. —Nikolai suena demasiado inocente. Hay algún tipo de juego entre los gemelos del que los demás no estamos al tanto. —Suena bien. Creo que yo también reservaré con Natasha.

—¿Qué, *para ti?* —Dima prácticamente explota.

—Sí. A menos que vayas a hacerlo tú —Levanta las cejas en señal de interrogación.

—Te mataré, joder —Nunca había oído a Dima hacer una amenaza. Especialmente no a su hermano.

—Vaya. Vale. —Ravil se aclara la garganta. —Parece que vosotros dos tenéis asuntos que resolver.

—No, creo que estamos bien. —Nikolai coge una revista de la mesa de café y finge leerla. —A menos que quiera que le reserve esa cita a él.

Dima cambia al ruso.

—Te juro que te tiraré desde la azotea si le dices una palabra.

Ravil se encoge de hombros.

—Me alegro de que no tuviéramos gemelos. Volveré después de acostarlo.

—Entonces, ¿vivís *todos* aquí? —pregunta Story, acercando el plato y moviendo su taburete para hacerme sitio. Maxim y Sasha acercan taburetes frente a los nuestros.

—Sí. Al principio éramos solo los chicos y luego Lucy, la esposa de Ravil, se mudó. Y después Maxim me trajo aquí desde Moscú —explica Sasha—. Fue un matrimonio concertado, pero he decidido quedármelo. —Guiña un ojo.

—Supongo que nunca podéis aburriros con tanta actividad.

—No. —Sasha se ríe. —Me gusta. Crecí como hija única, así que es agradable tener gente alrededor todo el tiempo.

Story sonríe.

—Yo crecí en un caos total. Dos hermanos, una madre que es... emocionalmente inestable, y un padre que se comportaba como una estrella de rock. Teníamos mucho amor, pero poca estabilidad. Como consecuencia, tengo una alta tolerancia al caos.

—¿Entonces tu padre *era* una estrella de rock? —pregunta Maxim—. ¿Has salido a él?

La risa de Story es avergonzada.

—Él cree que sí. Tiene una banda de versiones de rock clásico que lleva tocando en Chicago desde principios de los ochenta. ¿The Nighthawks?

Me molesta no haber sabido esto de ella. No haber podido mantener esta conversación fácil y cómoda. *Blyad'*, hasta esta semana, realmente no me importaba no poder comunicarme. De hecho, lo prefería. Todavía lo prefiero, así que esto está haciendo que me duela la cabeza con deseos contradictorios.

Maxim niega con la cabeza.

—No los conozco. ¿Ahí es donde tú y tu hermano aprendisteis a tocar?

—Sí. Mi padre daba clases de guitarra en el salón cuando yo era pequeña.

—¿Qué estabas tocando esta mañana? Era una canción antigua, ¿verdad? —pregunta Sasha.

—Van Morrison, sí. Mi padre solía tocarla para mí porque tengo los ojos marrones.

Sasha estudia a Story.

—¿De qué color es tu pelo naturalmente?

Story chasquea la lengua.

—*Rosa* —dice como si estuviera ofendida porque Sasha no crea que es natural—. Es broma, es rubio oscuro.

—Me encanta tu *look* —le dice Sasha—. Realmente llevas bien el estilo estrella del rock.

Los labios de Story se curvan.

—Quizá tome prestado eso para una canción.

—Todo tuyo —Sasha sonríe como si fueran mejores amigas.

No es justo lo mucho que quiero que lo sean. Cuánto deseo que Story se quede.

—Y toca todo lo que quieras mientras estés aquí. Nos encanta tu música —dice Maxim.

Tras terminar mi sándwich, me levanto y me acerco a Story, poniendo mi mano en su espalda. Absorbiendo estos deliciosos fragmentos sobre su vida. Story se inclina hacia mí, apoyando su cabeza contra mi pecho. Maxim y Sasha intercambian otra mirada, como si no pudieran creer que estoy abrazando a alguien. O quizá que alguien me esté abrazando a mí.

Parece extraño y fantástico que Story simplemente me haya aceptado. Pasamos de ser desconocidos a amantes en un abrir y cerrar de ojos.

Las relaciones siempre terminan rápido para mí.

Ella cree que esto terminará tan rápido como empezó. Tal vez ese sea su modus operandi con los hombres: rápida para dejarlos entrar, rápida para echarlos. Eso parece encajar con su personalidad enigmática.

Por mucho que la idea de que esto termine me destroce, algo firme y obstinado se levanta en mí. Seguiré siendo suyo. No dejaré de ir a sus conciertos. Siempre seré lo que ella necesite que sea. Incluso si solo soy el tipo del público en el que puede confiar para subirse durante sus actuaciones.

Le doy un beso en la cabeza, y ella me sonríe. La beso otra vez, esta vez en la frente.

—Me alegro de que por fin estéis juntos —dice Sasha con una cálida sonrisa.

La mirada de Story baja.

—Sí.

Llevo mi mano a su nuca y la aprieto suavemente. *Está bien*, quiero decirle. Sin presiones. *Eres mía te reclames o no.*

CAPÍTULO 8

*S*tory

Acabo quedándome otra hora con Oleg y sus amigos en la sala de estar, conociendo a la esposa de Ravil, Lucy, cuando regresa de nadar. Al parecer, esta mansión de millonario tiene una piscina climatizada y un jacuzzi en la azotea. Estoy tentada a preguntarle a Oleg si podemos bañarnos desnudos, pero empiezo a sentirme inquieta.

Pero cuanto más avanza el día, más siento que necesito volver a mi casa. Tengo clases que dar mañana. O quizás esa es solo mi excusa. También tengo esta ansiedad subyacente y persistente por irme. Es ese impulso que siento cuando las relaciones llegan a cierta etapa. Esta llegó más rápido que la mayoría, pero ha sido más intensa que las demás. Hemos concentrado un par de meses en la última semana.

—Bueno, debería irme. —Me giro para deslizarme del taburete donde he estado sentada desde el almuerzo.

Oleg bloquea mi camino, con la preocupación reflejada en su rostro.

Cambio de dirección y me deslizo por el lado opuesto,

ágilmente dando un paso rápido en dirección a la habitación de Oleg.

—Ha sido genial pasar el rato con vosotros. —Me giro y saludo al grupo con la mano. Oleg está justo detrás de mí.

Regreso por el pasillo hasta su habitación y me calzo las botas de nuevo. Recojo mi abrigo y mi guitarra.

Oleg niega con la cabeza.

—Oleg, no puedo quedarme aquí para siempre.

No se mueve, pero está bloqueando la puerta.

—¿Puedes llevarme a mi casa?

Duda y luego niega con la cabeza.

—No pasa nada —digo, sacando mi teléfono—. Pediré un Lyft.

Oleg me quita el teléfono.

—Eh. —Entiendo que no puede hablar, pero se está pasando.

Me acuna la cara con tanta ternura que apenas puedo seguir enfadada.

—Realmente necesito irme.

Se me ocurre una idea a medias. Sabiendo que no parece querer que sus amigos sepan lo que pasó anoche, doy media vuelta y me precipito por la puerta hacia la sala de estar, y desde allí abro la puerta que da al pasillo del ascensor.

Oleg viene justo detrás de mí, pero como había imaginado, no me atrapa ni me detiene.

La puerta del ascensor está abierta y entro en él. Pulso el botón mientras Oleg mete su cuerpo entre las puertas para evitar que se cierren.

Niega con la cabeza mirándome.

—No puedo quedarme aquí para siempre, Oleg. Me siento encerrada, y no me has dicho qué está pasando. —Le lanzo una mirada significativa.

En su favor, retrocede ligeramente. Como si comunicarse ni siquiera se le hubiera ocurrido.

—No quiero tener esta discusión contigo —le digo, aunque realmente no estamos discutiendo. Somos mucho más dulces el uno con el otro que la mayoría de las personas que conozco, incluso cuando estamos en desacuerdo.

Niega con la cabeza de nuevo, abriendo los ojos ante la palabra *discusión*.

Pero se niega a moverse. Mantiene la puerta abierta e inclina la cabeza en dirección a su habitación.

—Ni hablar. De verdad tengo que irme ahora. Tengo que dar clases mañana.

Golpea con los nudillos contra la puerta e inclina la cabeza de nuevo. Tengo la sensación de que está intentando parecer no amenazante, lo cual es difícil para un tipo de su tamaño y estatura. Vi lo imponente que fue con mi estudiante errante en mi apartamento, y allí todo lo que tuvo que hacer fue cruzar los brazos sobre su enorme pecho.

Mi garganta trabaja.

—No quieres que me vaya.

El ascensor hace un timbre de fastidio.

Me hace señas de nuevo. Este punto muerto se está volviendo realmente pesado.

Entra y toma mi guitarra, luego muy suavemente me levanta sobre su hombro. Impide que las puertas del ascensor se cierren con mi pie. Su mano se amolda sobre mi trasero. No es una palmada esta vez, solo se siente posesivo. Pateo con las piernas.

—Maldita sea, Oleg. Esto no mola.

Me lleva por el pasillo hacia la puerta que entra directamente a su dormitorio.

—Necesitas hablar conmigo —le advierto, con la voz congestionada—. No sé cómo, pero tienes que decirme qué demonios está pasando. Ya no estoy para juegos de adivinanzas.

Oleg se detiene. Se queda allí en el pasillo, inmóvil. Manteniéndome cautiva sobre su hombro.

~

Oleg

Blyad'.

Mi vida es fea. Nunca he estado orgulloso de nada de ella, pero he hecho lo que tenía que hacer para mantenerme con vida. Sin embargo, exponerle esto a mi pequeña golondrina es otra cosa. Saldrá corriendo tan rápido que el pavimento se encenderá bajo sus pies.

Y si voy a dejar salir esta oscuridad, si voy a contarle a Story sobre mi pasado, también debería sincerarse con mis hermanos de celda. Admitir mi traición por omisión. Sabía que este día llegaría en algún momento, y cada día que pasaba, deseaba que no llegara. Porque he llegado a preocuparme por esta familia. Confío en ellos. Dependo de ellos.

Ahora descubrirán que no pueden confiar en mí.

Pero por Story, estoy dispuesto a arriesgar todo lo que tengo aquí. Dijo que estábamos discutiendo, lo que me aterrorizó. No soporto la idea de que esté enfadada conmigo. Esta chica es el corazón que late en mi maldito pecho. Hacerle daño o incluso enfadarla es lo último que quiero hacer.

Cambio de dirección y camino de vuelta a la puerta del ático, llevando a Story adentro.

—Eh... estoy bastante seguro de que si ella quiere irse tienes que dejarla —dice Nikolai desde la barra del desayuno donde está trabajando en su portátil. Bajo a Story a sus pies y voy por el bloc de papel y bolígrafo en la barra, empujándolo junto a Nikolai.

Empiezo a escribirle una nota, pero es rudimentaria y

tosca. No hablo, y tampoco soy escritor. Nikolai lee y traduce la nota por encima de mi hombro:

—No puedo dejarte ir. Lo siento mucho, Story.

—Eh, ¿qué coño, Oleg? —dice Nikolai. Su gemelo se levanta de su mesa de trabajo para acercarse, enviando mensajes mientras lo hace. Probablemente diciéndole a todos los demás que vengan a la sala de estar.

Story levanta la mano, con los ojos en mi papel, aunque no puede leerlo.

Garabateo en el papel. Nikolai lo lee.

—Estás en peligro por mi culpa. Debes quedarte aquí donde puedo protegerte.

Story asiente.

—Vale, eso es lo que pensaba. La gente que va tras de ti sabe que te importo. Por eso esperaron en Rue's.

La miro a los ojos y asiento. Me siento agradecido y sorprendido por lo mucho que Story ha entendido sin que se lo haya explicado. Y aun así no salió corriendo anoche.

Como era de esperar, Sasha y Maxim salen de su habitación, y Ravil también aparece.

—¿Qué gente va tras de ti? —pregunta Nikolai.

—¿Debo entender que los hombres que Maxim neutralizó la semana pasada no iban tras Sasha? —El tono de Ravil es peligroso.

Asiento.

—¿Cuándo pensabas contármelo? —quiere saber Ravil.

Me quedo con la cara inexpresiva, mi respuesta habitual cuando no quiero involucrarme. Ser mudo normalmente me facilita eludir preguntas.

—¿Quién esperaba en Rue's? —Ravil dirige su tranquila autoridad hacia Story.

—Unos tipos. Rusos. Parecía que me estaban esperando —dice Story—. Por la puerta trasera, en el aparcamiento.

Oleg... —Traga saliva con dificultad. —Eh, Oleg se encargó de ellos.

Maxim me lanza una mirada sombría. A Story le dice con suavidad:

—Siento que tuvieras que ver eso.

Ravil me examina con una mirada evaluadora. Tras un momento de tenso silencio, dice:

—Story, necesito hablar a solas con Oleg.

—No. —Story se acerca más a mí. La atraigo hacia mi costado. —Ahora formo parte de esto y necesito saber de qué se trata —afirma Story.

Maxim niega con la cabeza.

—No, muñeca. Todo lo que escuches te pone en mayor peligro. Os ayudaremos a comunicaros, pero...

—Formo parte de esto. —Mi *shalun'ya* levanta la barbilla desafiante.

—¿Oleg? —me pregunta Ravil.

Joder. Por supuesto, no quiero que escuche nada de esto. Pero como ella señaló, ya está involucrada. Y soy incapaz de negarle casi cualquier cosa. Dijo que estábamos peleados porque no le había contado lo que estaba pasando.

Asiento.

—Muy bien. —Hace un gesto hacia el despacho. —Max. —Ravil ordena a Maxim que nos siga, y los cuatro entramos en el despacho de Ravil, donde cierra la puerta y toma asiento tras su escritorio. Maxim se hunde en la silla del rincón. Yo arrastro una silla junto a la mía para Story, pero ella se sienta en mi regazo en su lugar. Mis brazos la rodean, atrayéndola hacia mí mientras aparto mi pierna herida de su peso. Es un punto caliente y palpitante de dolor en este momento, lo que me dificulta mantenerme concentrado.

Ravil me observa un momento.

—En los dos años que llevas conmigo, nunca has hablado de tu pasado.

No me muevo.

—Sé que pasaste doce años en una prisión siberiana por un cargo de drogas. Creía que antes estabas con la bratva y que ellos te habían cortado la lengua, pero ahora no estoy tan seguro. Lo que sí sé es que mientras estabas dentro, actuaste como ejecutor para miembros de la bratva. Timofey Gurin escribió tu carta de presentación para mí.

No hago ningún movimiento. No hubo ninguna pregunta, y no puedo hablar para llenar silencios. Story juguetea con mis dedos donde reposan sobre su muslo, apretando mi pulgar.

—Supuse que estabas huyendo de algo o no habrías dejado Rusia. Pensé que era de tu antigua célula. La presentación habría funcionado igual de fácil en Moscú. O San Petersburgo. O Kazán. Pero viniste aquí, a un país donde no conocías el idioma. Para trabajar para mí, un *pakhan* al que nunca habías conocido.

Otra pausa para que se asiente el silencio.

—Te negaste a decir quién te cortó la lengua.

Es cierto. Me lo preguntó directamente al menos tres veces cuando llegué, y lo bloqueé, como hago con todos.

—O te la cortaron como castigo por algo que ya habías contado, o fue para evitar que hablaras en el futuro.

Como permanezco impasible, espeta:

—*Dime cuál.*

Me apresuro a sacar mi teléfono y le envío un mensaje.

Lo lee en voz alta.

—«*Futuro.*» Eso era lo que suponía. Así que ahora alguien ha venido a sacarte tus secretos, ¿es eso?

Asiento.

—Y se dieron cuenta de que Story es una palanca de presión.

Apoyo mi frente en su hombro, sintiendo de nuevo el dolor de mi situación.

Hay una larga pausa, luego Ravil pregunta:

—¿Quién te cortó la lengua, Oleg?

No hago ningún movimiento para responderle. Necesito su ayuda. Su protección. Si me echa, Story y yo seremos blancos fáciles. Puede que sobresalga matando, pero hasta las cosas más simples son difíciles para mí sin poder comunicarme. Pero mi respuesta también me condenará. Puede que se deshaga de mí de todas formas.

Hay una enorme recompensa por Skal'pel'. Claramente por mí también ahora. La gente debe pensar que sé cómo llegar hasta Skal'pel'. O que conozco las nuevas identidades de sus antiguos clientes. Tal vez alguien está buscando a un cliente en particular... quién sabe por qué estoy de repente en el radar.

Story me observa aún más atentamente que Ravil.

—Fue una elección interesante cortarte la lengua. ¿También te incriminaron por el cargo de drogas?

Me sobresalto por la pregunta, dándole a Ravil la respuesta que buscaba.

—¿Sabes? Para mí, esto muestra cierto afecto. ¿Por qué no simplemente matarte? A menos que fuera una persona adversa al asesinato. Pero considerando tu entrenamiento y habilidad con todo tipo de armas, no solo con los puños, dudo que ese fuera el caso. No aprendiste lo que sabes en prisión.

Mi corazón late dolorosamente en mi pecho. Estrecho mi abrazo sobre Story, quien intenta calmarme pasando suavemente las uñas por mi antebrazo tatuado.

—¿Tengo razón? Había amor entre vosotros. Optó por silenciarte en lugar de matarte. Y así guardas sus secretos.

Dejo escapar un suspiro tembloroso. ¿Es eso cierto?

Blyad'. No lo sé. Quizás sea así. Yo no venía de nada. No era nada. Skal'pel' me dio un hogar y un trabajo cuando todavía era un joven ansioso por agradar. Me hizo sentir como un hombre cuando apenas me tambaleaba al borde de la edad adulta. Fue una figura paterna cuando no tenía ninguna. A cambio, yo le era fiel como nadie.

Había pensado que la lealtad había muerto cuando él me arruinó, pero quizás algo de ella todavía existe.

No.

Niego con la cabeza.

—¿No, no estás guardando sus secretos?

Miro fijamente a Ravil y de repente me siento enfermo. Supongo que sí los estoy guardando. Pero no fue una elección consciente. ¡No puedo hablar, joder! Aunque creo que Ravil podría tener razón. Alguna parte de mí todavía podría estar protegiendo a Skal'pel' y, por defecto, a sus clientes. La lealtad es un rasgo de carácter que no sé cómo desactivar.

Ravil entrelaza sus dedos y los apoya contra su barbilla.

—Si te hiciera elegir, Oleg, entre él y yo, ¿a quién escogerías?

Story se gira para mirarme a la cara. No esperaba la montaña de dolor que me invade, aunque estoy seguro de mi respuesta. Es dolor por lo que Skal'pel' me hizo. El sufrimiento de la traición de un hombre que fue como un padre para mí.

Señalo a Ravil.

Sin duda. Es mejor hombre, cien veces mejor.

—Bien. —Hay compasión en la mirada de Ravil. Como si viera mi dolor. —Entonces tienes mi protección. Story también, eso no hace falta ni decirlo.

—¿Pero? —exige Story.

Ravil levanta las cejas.

—Sonaba como si fuera a haber un *pero*.

Tiene razón, así sonaba.

Ravil se encoge de hombros.

—Pero cuando necesite que hables, hablarás.

Estoy sudando, pero tengo frío. Miro fijamente a Ravil.

—Me importa una mierda para quién trabajaste, Oleg —me dice, y de repente puedo respirar de nuevo—. Nunca me has traicionado. Tu feroz lealtad es parte de quién eres. No voy a culparte ni a malinterpretar que sigas siendo leal a alguien que te jodió.

La habitación parece dar vueltas. No sé por qué quiero llorar como un maldito bebé.

Story parece sentirlo porque hunde su cara en mi cuello y me mordisquea la piel.

Maxim cruza los brazos sobre el pecho y pasa la mirada de mí a Ravil.

—Algo me dice que sabes exactamente para quién trabajó.

Ravil extiende las manos.

—Tengo una suposición.

—Por favor —le anima Maxim—. No puedo arreglar nada si no sé a qué coño nos enfrentamos.

Ravil le mira.

—¿Has visto bien la lengua de Oleg?

Story aprieta su mano en mi pulgar y gira su cara hacia mi cuello en solidaridad.

Maxim me lanza una mirada y se frota la nariz, sabiendo que es un tema delicado para mí.

Ravil responde a su pregunta, que aparentemente era retórica.

—Yo sí. Parecía bastante limpia. No un corte tosco. Sin tejido cicatricial visible. Casi como si hubiera sido cauterizada. O hecha con láser.

Láser. Eso nunca se me había ocurrido, pero tiene sentido. No desperté con la boca llena de sangre. Un corte me habría hecho ahogarme con mi propia sangre. Desperté con un muñón. Estaba hinchado y terriblemente dolorido, pero no sangraba.

Story traga saliva y se aparta para mirarme fijamente. La acerco más a mí.

Estoy bien, quiero decirle.

Parece entenderlo porque asiente.

—Entonces, ¿cuántos médicos conocemos que hayan trabajado en el lado equivocado de la ley? ¿Cirugías en el mercado negro? ¿Quizás cambios de identidad?

—*Blyad'* —maldice Maxim—. *Skal'pel'*. ¿Trabajaste para Skal'pel'?

No respondo.

Maxim se levanta y se acerca. Pone su mano en mi hombro.

—Puedes decírmelo. Tampoco me importa una mierda lo que hicieras en el pasado. Ahora eres mi hermano.

Parpadeo por el escozor en mis ojos y asiento.

—Así que supongo que puedes identificar al menos a veinte tipos que la bratva quiere muertos —dice Maxim.

Me encojo de hombros. Quizás. No era mi trabajo memorizar caras o nombres, ni los viejos ni los nuevos. Pero sí, tal vez.

—¿No sabes adónde desapareció tu antiguo jefe? —pregunta Ravil.

Niego con la cabeza.

—Voy a encontrarlo por ti, Oleg —promete Maxim—. Y si tú no lo matas por lo que te hizo, lo haré yo.

Reconozco la inquietud que eso me produce. No quiero matarlo. Al menos, no lo quería antes.

¿He estado esperando todos estos años a que me contactara? ¿A que me aceptara de nuevo?

Parece una locura, pero creo que una parte de mí sí lo hacía. Como si todavía perteneciera a esa cruel figura paterna. No lo había perdonado, pero estaba esperando.

Story presiona el dorso de su mano contra mi cuello, luego sus labios contra mi cabeza. Se gira para mirar a Ravil.

—Sé que esta conversación es importante, pero necesita un médico. Oleg está ardiendo.

CAPÍTULO 9

*S*tory
Ravil se pone de pie.

—Trae a Svetlana —le dice a Maxim, quien saca su teléfono para enviar un mensaje. A mí me explica—: Es una comadrona que vive en el edificio. Debería tener antibióticos.

Quiero abrazar a Oleg. No por la fiebre, aunque estoy preocupada por eso. Sino porque lo que acaba de ocurrir en esta oficina parecía importante. Significativo para él. Y todavía no entiendo nada de esto.

Me siento parcialmente aliviada y parcialmente frustrada al ver que los muros de Oleg no son solo para mí. Son para todos a su alrededor, incluidas las personas con las que vive y aparentemente quiere.

Ravil lo llamó ferozmente leal, y me doy cuenta de que también lo ha sido conmigo. En algún momento decidió convertirse en mi fan número uno, y nada lo apartaría de ese trabajo. Ahora tiene que ser mi protector.

Su lealtad hacia mí hace que yo sienta lo mismo. Puede que normalmente sea caprichosa e inestable en las relaciones, al menos en las íntimas, pero no hubo duda cuando lo encontré sangrando en mi furgoneta de que estaba completamente comprometida con él. Y tampoco hubo duda cuando nos atacaron en el local de Rue. Cualquiera que sea su problema, me quedaré a su lado.

Una vez que lo superemos, probablemente me marcharé, pero no abandono a los amigos cuando me necesitan.

Es más que un amigo, susurra una voz en mi cabeza.

Acerco mi cara a su cuello y beso su piel caliente.

—Deberías ir a acostarte —murmuro.

No. No se mueve, pero escucho claramente la palabra proyectada en mi cabeza.

Me levanto y tiro de su mano.

—Vamos. Svetlana necesitará examinar tu herida.

Me agarra por la cintura y me devuelve a su regazo. Con su teléfono, escribe con una sola mano y envía un mensaje.

El teléfono de Ravil emite un pitido. Lee el mensaje y me observa.

—¿Qué dice? —exijo. Este literal juego del teléfono me va a volver loca.

—Dice, *habla con Story* —lo dice Ravil como una disculpa. Como si ya supiera que me va a enfadar, y así es.

Me giro para fulminar a Oleg con la mirada.

—Te dije que no hicieras eso.

Su mirada de vuelta es inexpresiva. Quiero derribar ese muro impasible de una bofetada.

—Oleg, ¿qué coño significa *habla con Story*? —exijo.

—Supongo que quiere que aclaremos el asunto de que quieras salir del edificio —dice Maxim suavemente desde nuestro lado.

Oleg asiente.

Vale, eso tiene sentido. Pero sigo enfadada.

—No digas *habla con Story* —le digo a Oleg. Su estoicismo

se desmorona bajo mi mirada. Parpadea. Sus labios se mueven. Juro por Dios que articula la palabra *lo siento*.

—¿Has dicho *lo siento*? —pregunto.

Asiente. Parece arrepentido.

—Gracias. —Mis hombros se relajan. Señalo mi esternón. —*Tú* háblame a mí. No hagas que ellos lo hagan por ti. Ni siquiera los conozco.

Apenas conozco a Oleg, pienso, pero luego reconozco que no es cierto. Lo conozco íntimamente. Y siento como si siempre lo hubiera conocido.

Oleg parece intimidado. No creo que esté respirando. Mira su teléfono y luego a mí. Después escribe algo.

Ravil lo lee.

—Necesito que te quedes aquí. Por favor, *lastochka*. —Ravil mira a Maxim. —¿Qué pájaro es ese en inglés?

Maxim se aclara la garganta.

—*Swallow*. Golondrina.

Golondrina. Tiene un apodo cariñoso para mí. Y nunca lo había escuchado. Pero como cualquier ave cantora, odio estar enjaulada. La ansiedad que siento antes de romper con un chico surge con fuerza.

—Tengo clases que dar, empezando mañana. Y actuaciones el viernes y sábado.

Sí, estoy siendo irracional. Anoche tuve una pistola en la cabeza. No debería estar pensando en clases y actuaciones.

Oleg frunce el ceño y niega con la cabeza.

Maxim interviene:

—Lo siento, cariño. Vas a quedarte quieta mientras averiguamos quién os persigue a ti y a Oleg y hacemos que desaparezca.

—Así es —dice Ravil—. Odio tener que explicarte la situación, pero lo haré. Alguien quiere lo que hay en la cabeza de Oleg, y saben que le importas, lo que significa que tu vida está en peligro. A menos que quieras que te secuestren y torturen mientras Oleg mira, te quedarás donde podamos protegerte. No voy a entrar en detalles sobre lo que pasaría después de que consiguieran lo que quieren, si es que Oleg puede dárselo.

Un músculo se contrae en la mejilla de Oleg. Aspira bruscamente por la nariz.

—Vale. De acuerdo. —Mi voz suena temblorosa. Tiene sentido. Entrelazo mis dedos nerviosamente—. Eh, sí. Cancelaré mis clases.

—Lo harás. —Ravil camina hasta la parte delantera de su escritorio y se apoya en él.

—Pero, ¿qué hay de las actuaciones de este fin de semana? No tengo reemplazo.

Oleg gruñe su descontento.

—Las cancelarás también, si no hemos resuelto esto —dice Ravil.

Maxim se levanta para caminar.

—¿Quién os atacó el sábado? —le pregunta a Oleg—. ¿Los conocías?

Oleg niega con la cabeza y escribe en su teléfono. Ravil lee el texto en voz alta en inglés.

No reconocí a nadie. Parecían cazarrecompensas.

—¿Quién te busca? —pregunta Ravil.

Oleg se encoge de hombros y escribe de nuevo.

Podría ser cualquiera que haya descubierto para quién trabajé. Probablemente quieren saber dónde encontrarlo, o dónde encontrar a uno de sus asociados.

—¿Y lo sabes? —pregunta Ravil.

Oleg niega con la cabeza y escribe:

Han pasado doce años. Estuve en prisión y contigo. No sé nada.

—Pero quien te persigue probablemente seguirá intentándolo —pregunta Maxim.

Oleg asiente.

—Bueno, quizás la mejor defensa es un buen ataque —dice Maxim.

No. Oigo a Oleg decirlo con todo su ser antes incluso de entender de qué están hablando. No habló ni negó con la cabeza, pero su cuerpo se pone rígido, y sus manos me agarran con más fuerza.

Aparentemente Maxim también está acostumbrado a leer la falta de comunicación de Oleg.

—Sabes que tengo razón.

Oleg niega con la cabeza.

—Espera... ¿de qué estamos hablando? —pregunto.

Ravil entrelaza las manos sobre su regazo.

—Estamos hablando de usarla como cebo, Story.

Una sensación gélida me invade, especialmente cuando Oleg me sujeta como si alguien intentara arrancarme de sus brazos.

—Si no descubrimos quién está detrás de estos ataques, no podremos evitar que sigan ocurriendo. Tendrá que esconderse aquí para siempre, y ya ha dejado claro que no está dispuesta a eso. —Ravil mira a Oleg. —Todos iremos a la actuación. Y no permitiré que nadie la toque. Solo necesitamos capturar a alguien con vida para interrogarlo. Averiguar quién la quiere y qué información buscan. Llegar al fondo de este asunto. —Mira a Maxim, quien levanta las manos en señal de rendición.

—Lo sé. Fue mi culpa por liquidar a los tres primeros sin obtener respuestas. La cagué —admite Maxim.

Oleg niega con la cabeza.

Dios mío, estoy tan fuera de mí.

—Sí —respondo—. Hagámoslo. —No puedo cancelar las actuaciones. No hay nadie que pueda reemplazarme, y no quiero dejar tirados a los bares. Sería poco profesional. La ansiedad me revuelve el estómago, pero confío en que estos tipos me protegerán. Solo Oleg ya es un guardaespaldas formidable. Me rescató cuando estaba en desventaja y yo ya estaba en manos del enemigo. Si toda su banda o amigos o lo que sean van a estar allí, probablemente estaré a salvo.

Además, no puedo quedarme aquí más de esta semana. Prácticamente puedo sentir la cuenta atrás de la bomba de tiempo para nuestra relación. Cada minuto que me quedo, me hundo más con Oleg, lo que solo hará las cosas más difíciles cuando terminen.

Me pongo de pie.

—Así que me quedo hasta el viernes, y luego os ocuparéis del problema —resumo—. Y podré volver a mi vida normal.

Oleg se levanta con el ceño fruncido.

Suena un golpe en la puerta. Dima la abre para dejar entrar a una joven esbelta de unos veinte años con pelo rubio rojizo. Él la sigue.

—Natasha —dice Ravil. Suena ligeramente sorprendido.

El nombre me resulta familiar, pero tardo un momento en darme cuenta de por qué. Entonces recuerdo: Natasha era la masajista por la que Dima y Nikolai estaban discutiendo.

—Lo siento, sé que esperabais a mi madre. Está atendiendo un parto, pero recibió el mensaje de Maxim y me pidió que trajera esto. —La joven muestra un frasco grande de pastillas. —Me dijo que os dijera que vendrá a revisar a quien tenga la infección. —La joven me mira de reojo. —Hola.

—Hola. —Me acerco y cojo las pastillas. —¿La dosis está indicada aquí?

—Dijo que tome una ahora y otra antes de acostarse si ella no ha llegado para entonces. —Natasha inclina la cabeza. —¿Son para ti?

Señalo en dirección a Oleg.

—Son para Oleg. Tiene una herida. Supongo que está infectada. Espero que solo sea eso.

—¿Puedo verla? Podría hacer una cataplasma. He estado

ayudando a mi madre desde la escuela primaria, y soy masajista titulada. Me interesan todos los remedios naturales. Tengo tés, tinturas, aceites esenciales, ungüentos... de todo.

Miro a Oleg buscando su aprobación. Por supuesto, como siempre, su rostro no muestra nada, así que tomo la decisión por él.

—Sí, eso sería genial.

Oleg da un paso, pero pierde el equilibrio, extendiendo una mano para agarrarse a la silla, que casi derriba.

Natasha tropieza hacia atrás contra Dima, quien la sujeta con un brazo alrededor de su cintura y una mano en su cadera.

—Un poco de ayuda —pido, metiéndome bajo el brazo de Oleg para sostener su cuerpo masivo, pero él recupera el equilibrio por sí mismo. Noto que Dima aún no ha soltado a Natasha. Baja la cabeza como si fuera a besarle la coronilla o a oler su cabello, pero se detiene a un centímetro. Sus párpados caen como si tener las manos sobre ella fuera un placer inesperado. No la suelta hasta que ella se vuelve hacia él, sonrojándose, y murmura algo que no entiendo. Sonaba como *Spasibo*.

Interesante. Alguien tiene un flechazo.

—¿Tú también eres rusa? —pregunto mientras la sigo por la puerta. Dima la mantiene abierta y luego guía el camino por el pasillo, como si necesitáramos escolta.

—Sí —sonríe.

—¿Todo el mundo en este edificio es ruso? —Lo digo como una broma, pero Natasha asiente, sonriendo.

—Sí. Por eso se conoce como el Kremlin. Ravil solo alquila a rusos y a precios que no encontraríamos en ninguna parte de la ciudad. —Lanza una mirada de gratitud por encima del hombro a Ravil, que ha salido de la oficina tras nosotros. —Cuida de los suyos.

Cuida de los suyos. Sí, como cualquier líder mafioso. Es de modales suaves, pero pude notar por la tensión en Oleg cuando lo interrogaba, que respeta y tiene en alta estima a su jefe. Ravil ejerce su poder con discreción.

Son asesinos, todos ellos. Hombres peligrosos en negocios peligrosos. Sigo intentando meter eso en una caja y olvidarlo, pero hay una ansiedad que me corroe en segundo plano. Tengo un umbral alto para el trauma y el caos, pero todo esto está empezando a afectarme. Mis habilidades de compartimentación están comenzando a desgastarse.

Mientras caminamos, noto que Oleg tiene un poco de dificultad con su pierna. No está cojeando, pero hay una rigidez en su tronco cuando camina sobre ella. Dios, ¿por qué no me di cuenta antes de que no ha sanado? Ha habido tanto que descifrar e interpretar y tratar de entender desde que me trajo aquí. Me siento totalmente fuera de mi elemento con todo esto.

Le aprieto la mano, y él me mira. Es tenue, apenas perceptible, pero veo la sombra de una sonrisa en las comisuras de sus labios.

No quiero pensar hacia dónde va esto. Lo cerca que estoy empezando a sentirme de él, porque necesito protegerme contra la idea de que esto se convierta en algo real. No puedo empezar a creer que esto vaya a durar. No puede. Él es de la mafia rusa. Yo soy alérgica a las relaciones. Esto no puede funcionar.

Sin embargo, ese fantasma de sonrisa produce ese mismo calor arremolinado que siempre sentía cuando se acercaba el sábado y sabía que él estaría allí para verme. Dispuesto a todo lo que le lanzara: subirme a su mesa, trepar a sus hombros, hacer que me atrapara cuando me dejaba caer del escenario.

Atravesamos el salón y la cocina hacia la habitación de Oleg. Dima sigue con nosotros, encabezando el camino.

—Entonces, ¿cuál es tu relación aquí? —pregunta

Natasha, lo que me doy cuenta es una forma amable de preguntar quién soy. Nunca me presenté.

—Soy Story. Una amiga de Oleg.

—Encantada de conocerte.

—Igualmente.

Dima abre la puerta y entra. Todos le seguimos, pero Oleg vacila, quedándose en medio de su habitación.

—Fuera los pantalones, grandulón —le digo. Él se quita las botas con los pies y se desabrocha los vaqueros.

—Oh, eh. ¿Dónde está la herida? —pregunta Natasha.

Dima se acerca como si fuera a protegerla de cualquier miembro no deseado en caso de que quede expuesto.

Oleg vuelve a tambalearse, y me acerco para ayudarle a bajarse los vaqueros con cuidado por encima de la herida y luego sentarse.

Por Dios. El vendaje está empapado de amarillo y rojo y cuando Natasha se arrodilla junto a él y lo retira suavemente, ambas jadeamos. Los bordes de la herida están hinchados e irritados, y está supurando. Aparto la mirada, de repente con náuseas.

—Vale, vaya. Definitivamente infectada. Dale uno de esos antibióticos para empezar. —Natasha señala el frasco que tengo en la mano.

Me pongo en acción.

—Cierto. Dios mío. —Mis manos tiemblan mientras lo abro.

Dima se va y vuelve con un vaso de agua, que le entrega a Oleg, quien se traga la pastilla.

—Voy a bajar a preparar una cataplasma. ¿Tenéis agua oxigenada que podáis verter sobre la herida? —Natasha se levanta.

Miro a Dima, que asiente.

—Iré a por ella.

—¿Por qué no me dijiste que no te encontrabas bien? —exijo.

Oleg me lleva al otro lado y me sienta en su rodilla sana.

—¡Dios mío! ¡Estaba sentada sobre tu herida!

Él niega con la cabeza.

—¿No? Podrías morir por una infección así. ¿Y si tienes SARM? Debería haberte llevado al hospital cuando ocurrió.

Oleg niega levemente con la cabeza y cierra los ojos.

—¿Oleg?

Abre los ojos y me mira fijamente.

—Probablemente te has sentido fatal todo este tiempo. ¿Por qué no me lo dijiste?

Niega con la cabeza.

—*Tienes* que empezar a comunicarte conmigo.

—Puedo ayudar con eso. —Dima reaparece con el agua oxigenada y un paño. También trae una tableta, que le entrega a Oleg. —Te lo he preparado todo, colega. —Toca la pantalla, que muestra un teclado con el alfabeto ruso. —Escribes aquí y sale el inglés para Story. Incluso puede pronunciarlo en voz alta, aunque no encontré una voz con acento ruso. —Dima sonríe.

Vierto generosamente el agua oxigenada sobre la herida de Oleg, recogiendo las gotas con el paño. Contengo la respiración cuando burbujea y silba sobre la herida abierta.

Oleg escribe algo con el dedo índice. Es lento. Imagino que su dedo grande lo hace más difícil.

—Dale ahí para que hable en voz alta. —Dima señala la pantalla.

Una voz masculina con acento australiano dice:

—No te preocupes por mí, golondrina.

Le miro a los ojos.

—¿Qué era *golondrina* en ruso? —pregunto.

Oleg mira la pantalla, como si no estuviera seguro de cómo invertir el idioma, pero Dima responde por él.

—*Lastochka*. ¿Es así como te llama? Puedo configurar esa palabra para que no se traduzca, si es tu apodo. —Toma la tableta y escribe algo.

Natasha reaparece y trata la herida con una cataplasma, y luego ella y Dima nos dejan solos.

Oleg se deja caer en la cama. Me acurruco a su lado, apoyando la cabeza en su hombro. Me mira y señala mi pecho y luego el suyo.

—¿Te pertenezco?

Aparece una pequeña sonrisa. No lo he entendido bien, pero le gusta mi interpretación. Asiente.

—Oleg, yo-

Detiene mis palabras con un dedo sobre mis labios y luego repite el gesto, invirtiéndolo.

—¿Tú me perteneces? —Sus labios se curvan de nuevo. Asiente.

No puedo dejar de mirarlo. Se ve tan transformado con esa pequeña sonrisa. Mucho más joven. Tan cálido.

Él me pertenece. Una parte de mí quiere rechazar ese regalo. Porque creer que es algo con lo que puedo contar es irracional. Sé que el amor no dura. La gente no permanece. Simplemente hacemos lo mejor que podemos mientras todos avanzamos a tientas por la vida.

Eso es lo que Oleg y yo estamos haciendo ahora mismo. Y es un momento precioso, a pesar (no, *debido a*) el drama que lo rodea.

Quiero creer lo que me está diciendo. Que este hombre fuerte y constante siempre estará ahí para mí. Siempre y para siempre. Algo que nunca he tenido con nadie en mi vida.

Quizás podría ser realmente cierto.

CAPÍTULO 10

*O**leg*

Pierdo el conocimiento durante el resto de la tarde, entrando y saliendo de sueños febriles. Del peor tipo: los que continúan justo donde la vida real se quedó. No puedo estar seguro de si están ocurriendo realmente o no. Sé que Natasha volvió para revisar mi herida y cambiar la cataplasma. Dima estaba detrás de ella como su guardaespaldas. O quizás eso también fue un sueño.

En un sueño, Story sale del Kremlin mientras estoy dormido, y el cabrón barbudo de Rue's la mata a sangre fría.

En otro, Skal'pel' la opera, quitándole la lengua también, para que nunca pueda cantar de nuevo.

Luego está aquí en mi dormitorio apuntándole con una pistola. Me despierto sobresaltado, con un ronco grito saliendo de mis labios. Me lanzo hacia mi arma en la mesita de noche.

—Oye. —La voz de Story resuena desde el otro lado de la habitación. —¿Estás bien? —Está acurrucada en una silla junto a los grandes ventanales, con su guitarra sobre los muslos.

Suelto el arma antes de que ella pueda verla, con el pulso acelerado. *Blyad'.* ¿Y si le hubiera apuntado antes de recuperar la cordura? El pensamiento no ayuda en nada a calmar mi corazón desbocado.

Story deja la guitarra y viene a la cama. Tiene una forma de moverse más infantil que sensual. Salta escalones. Brinca sobre la cama con un rebote en lugar de arrastrarse. Es parte de lo que la hace tan fascinante para mí. Tira de las sábanas hacia atrás y mete sus piernas en la cama para sentarse conmigo, luego me pone bajo la nariz el iPad que Dima me trajo.

Lo miro por un momento, recordando lo que se supone que debo hacer con él.

Tuve una pesadilla, escribo. El *mudak* australiano pronuncia las palabras para ella.

—¿Sobre qué? —pregunta.

Le señalo. *Soñé que también te cortaba la lengua a ti.*

Joder. Me siento tan expuesto y vulnerable al darle voz a mi pesadilla, pero Story ha estado exigiéndome comunicación.

—¿Escalpelo? —pregunta.

Asiento.

—¿Qué era él para ti? —Sus ojos marrones examinan mi rostro.

Maldición. No he contado esta historia antes, aunque no es que hable nunca sobre mi pasado. Pero Story, por supuesto, merece saberlo. Frunzo el ceño ante las letras, usando ambos índices para teclear torpemente.

Cuando tenía catorce años, mi madre consiguió un trabajo como ama de llaves con un rico cirujano plástico llamado Andrusha Orlov. A veces ayudaba a mi madre después de la escuela, y el doctor me tomó cariño. Me pagaba por hacerle trabajos ocasionales y adoptó un papel paternal conmigo.

—¿Tenías padre? —pregunta Story, plegando sus delgadas piernas debajo de ella para sentarse en posición de loto.

Niego con la cabeza.

Nunca lo conocí. Se fue cuando yo era pequeño.

—Lo siento.

Me encojo de hombros.

Cuando tenía diecisiete años, el Dr. Orlov me preguntó si quería un trabajo como su guardaespaldas personal. Ya casi tenía este tamaño. Tenía un equipo de seguridad, y el jefe era ex militar. Me enseñó a disparar. A pelear con mis manos. Me enseñó setenta y dos formas de matar a un hombre.

No sabía por qué Orlov necesitaba protección, pero no me importaba. Me pagaba más dinero del que ganaba mi madre como su ama de llaves y me sentía como un hombre. A medida que pasó el tiempo, me llevó a reuniones que mantenía con personas en restaurantes o bares públicos. Asistí a encuentros donde se intercambiaban grandes sumas de dinero. Durante los siguientes cinco años, fui testigo de más y más del negocio de cambio de identidad de Orlov.

Luego las cosas se complicaron. La bratva de San Petersburgo fue tras él cuando se enteraron de que había operado a un hombre al que querían muerto. Maté a tres hombres que aparecieron en su residencia. Me asustó.

Intenté renunciar. Me persuadió para que me quedara solo hasta que cerrara su operación, cambiara su propia identidad y desapareciera.

Dejo de escribir. El resto de la historia no merece la pena contarla.

Story desliza su mano en la mía.

—Y te cortó la lengua para agradecértelo.

Me froto la dolorida cabeza y asiento.

—¿Dónde está tu madre? —pregunta Story.

El dolor atraviesa mi pecho. Mi dulce, honesta y trabajadora madre. *Perdió su trabajo y a su hijo cuando Skal'pel' se fue,* escribo.

—¿Sabe que estás vivo?

Me froto la cabeza otra vez.

—¿Oleg? —Story inclina su cabeza hacia delante para mirarme a la cara.

Estaba demasiado avergonzado para verla de nuevo. Fui directamente de la prisión a Chicago. Necesitaba un nuevo comienzo.

Story apoya su cabeza en mi hombro, acurrucando su cuerpo contra el mío, con sus rodillas doblándose sobre mis muslos.

—Odio lo que te pasó —dice con la voz entrecortada.

Le acaricio la mejilla, apartándole el pelo detrás de la oreja. Desenterrar mi mierda de pasado ha sido duro, pero ahora que está fuera, ahora que Story lo sabe y Ravil y Maxim conocen parte de ello, algo que había estado bloqueado todos estos años se ha movido. Usé mi dolor como un muro para mantener a todos fuera. Para mantenerme a mí mismo fuera. Era medio hombre, viviendo apenas media vida.

Me faltaba mucho más que la lengua.

Pero ahora ese muro está derribado. El camino no está despejado, ni mucho menos. Hay escombros por todas partes. Pero estoy dispuesto a abrirme paso entre ellos.

—Deberías contactar a tu madre —dice Story, entrelazando sus dedos con los míos—. Apuesto a que se está muriendo por no saber de ti.

Mi pecho se contrae, y lucho contra un nudo en la garganta. Asiento en señal de acuerdo.

—Hablando de madres, necesito llamar a la mía. Está un poco hecha un lío. —Story se desliza de la cama y recoge su anticuado teléfono de tapa.

Escribo en el iPad, *¿Qué pasó?* Es extraño tener una

conversación real con alguien, pero Story lo hace parecer posible.

Story regresa a la cama y se sienta de nuevo con las piernas cruzadas.

—Mi madre sufre de depresión. Es increíble, pero totalmente poco fiable como madre. Yo soy más la madre en la relación. Quiero decir, cuando las cosas van bien, está ahí para nosotros; para mí, Flynn y Dahlia, nuestra hermana pequeña. Pero su vida es una montaña rusa de enamorarse y luego derrumbarse. Y la última vez que hablé con ella, parecía que las cosas iban mal con su novio, Sam. Solo voy a ver cómo está. —Story marca un número en el teléfono mientras yo escribo en el iPad.

—Hola, mamá. Solo quería saber cómo estás. Llámame cuando escuches esto. —Story cierra el teléfono. —Buzón de voz.

Fue difícil para ti. Le paso el iPad a Story. Estoy harto de que el gilipollas australiano hable por mí. Prefiero que ella simplemente lo lea.

—Estaba bien. Me sentía querida. Solo que no podía confiar en nadie.

Puedes confiar en mí, quiero decirle, pero me contengo. Es esquiva cuando se trata de compromisos, y no estoy en posición de presionar. No cuando ni siquiera puedo mantenerla a salvo.

—La vida de mi padre también fue bastante loca con sexo, drogas y *rock 'n' roll.* Ahora me preocupa que Flynn esté siguiendo ese camino, ¿sabes? —Sus ojos brillan con lágrimas, que ella parpadea para contener. —Pero la música es realmente lo único que tenemos. Es lo que mantiene a nuestra familia unida, aunque no sea la fuerza unificadora más estable. No pude ir a la universidad porque las cosas estaban demasiado locas con mi madre entrando y saliendo de centros psiquiátricos. Necesitaba quedarme en casa y asegurarme de que Flynn y Dahlia estuvieran bien. Así que mi hermano y yo terminamos en una banda. Solo Dahlia fue a la universidad.

¿Qué otra cosa te gustaría hacer? tecleo. *¿Si pudieras?*

Story vuelve a meter su teléfono en el bolso.

—No lo sé. Nunca lo he pensado siquiera. Quizás no haría nada diferente. Me encanta la banda. Y me gusta enseñar guitarra. De verdad. Funciona, ¿sabes?

La observo, intentando descifrar si hay algo oculto que deba descodificar, pero mis habilidades para la conversación y con las mujeres son tan escasas que solo puedo tomar sus palabras al pie de la letra.

Lo intento de nuevo. *¿Qué habrías estudiado si hubieras ido a la universidad?*

—Probablemente algo completamente inútil como Literatura Francesa. O Historia del Arte. —Se encoge de hombros y me da una sonrisa traviesa.

Me encanta esta chica, joder.

Toca el iPad.

—Me gusta hablar contigo.

Eres mía durante los próximos cinco días, escribo. No sugiero nada más permanente, aunque no tengo intención de renunciar a ella. Nunca.

—Supongo que sí. Será mejor que te mejores, para que podamos pasar el rato. Quiero decir, verte dormir es divertido y todo, pero...

Me arranca una sonrisa. Esta expresión poco familiar ocurre cada vez más con ella cerca.

Ya estoy mejor, le digo, aunque no es del todo cierto. Me duele la cabeza y probablemente podría volver a dormirme en un instante. *Mañana te agotaré.*

Ella contiene la respiración y me lanza una mirada emocionada.

—¿Eso es hablar sucio?

Asiento con la cabeza, y su sonrisa se ensancha.

—Dios mío, no puedo esperar a escuchar todos los pensamientos obscenos que hay en esa cabezota tuya.

Arqueo una ceja. *Ten cuidado con lo que deseas.*

Story se sienta a horcajadas sobre mi regazo, frotando su cálido centro sobre mi semierección, convirtiéndola en una erección completa.

—¿Cuánto mejor te sientes? —ronronea.

Lo suficientemente bien como para follarte hasta dejarte sin aliento, shalun'ya, tecleo, usando la función de "no traducir" para su otro apodo, luego dejo el iPad a un lado y la volteo sobre su espalda.

—Espero que *shalun'ya* signifique algo muy travieso. — Tira de mi camiseta hacia arriba.

Gruño y reclamo su boca, mostrándole exactamente cómo trato a mi pequeña traviesa cuando se porta mal.

CAPÍTULO 11

$\mathcal{O}$*leg*

Me despierto y descubro que Story no está.

Salto de la cama y recorro el pasillo a toda prisa en calzoncillos y camiseta. La sala de estar está brillante con la luz del día.

Joder. ¿He vuelto a perder la noción del tiempo? ¿Cuánto?

Vagamente, recuerdo que dormí durante toda la tarde y la noche. Story se quedó conmigo, tocando suavemente su guitarra y moviéndose por la habitación. Recuerdo vagamente a Sasha invitándola a comer; no sé si fue la comida o la cena. Quizás ambas.

Eso debió ser ayer.

—Eh, grandulón. ¿Cómo te encuentras? —pregunta Nikolai desde el sofá. Está comiendo dónuts de una caja que hay sobre la mesa de café.

Levanto los brazos en el aire con frustración, exigiendo saber dónde ha ido Story.

—Tranquilízate. —Maxim emerge de la cocina bebiendo un vaso de zumo de pomelo. —Story está en la azotea con Sasha.

La azotea. Niego con la cabeza, ya alcanzando la puerta.

—Están seguras allí arriba, ¿crees que lo permitiría si no lo estuvieran? No hay ningún tiro claro hacia esa azotea desde ninguna dirección. Te lo prometo.

Relajo ligeramente mi agarre en el pomo de la puerta, debatiendo si debería ponerme pantalones antes de subir como una furia, ya que no es una emergencia, cuando oigo gritos y el sonido de balas perforando metal desde la azotea.

Todos en el ático se ponen en acción. Abro la puerta de golpe y salgo corriendo. Las pisadas de mis hermanos resuenan detrás de mí, con Maxim pisándome los talones. Pavel y Nikolai están más atrás, ambos con las armas desenfundadas. Subo las escaleras de tres en tres y abro la puerta de la azotea de un golpe. Sasha y Story están agachadas juntas en el jacuzzi, cubriéndose la cabeza.

—¡Nos están disparando! —grita Sasha a Maxim en ruso.

Maxim se gira, comprobando los edificios a nuestro alrededor, calmando a las mujeres al mismo tiempo.

—Está bien —les dice—. No hay ningún tiro claro. Os lo prometo. En los lugares donde podría haberlo, pusimos cristal antibalas.

Quiero matar a Maxim por haber perdido de vista a Story, pero me esfuerzo por asimilar sus palabras. Realmente no están en peligro.

Ravil y Dima llegan a la azotea, también con pistolas en mano. Se disparan unos cuantos tiros más, y veo que Maxim tenía razón. Dan en la alta unidad de climatización, rebotan en las ventanas antibalas de abajo.

—Por allí. —Ravil señala al edificio de al lado que tiene una de las ventanas quitadas. —Enviad un equipo a ese edificio ahora mismo —ordena.

No puedo pensar en otra cosa que no sea llegar hasta Story. Corro hasta el jacuzzi y cojo una de las toallas que hay sobre una silla para ofrecérsela. Está solo en bragas, y quiero asesinar a cada uno de mis hermanos de la bratva por vislumbrar sus tetas, aunque no es que estén mirando.

Ella sale a toda prisa y salta sobre mí, rodeando mi cintura con sus piernas y mi cuello con sus brazos, empapando mi ropa con el agua caliente. Envuelvo la toalla alrededor de su espalda, abrazándola con fuerza.

Maxim saca a Sasha de la bañera y la toma en sus brazos.

Todavía no respiro. No puedo detener el terror que corre por mis venas.

—Es un mensaje —dice Ravil con gravedad—. Alguien está intentando asustarte.

Voy a matarlos a todos. Hasta la última persona que haya amenazado la vida de Story. Me doy la vuelta y me marcho de la azotea con paso decidido, llevando a Story como si fuera lo único que me mantiene vivo.

—Estoy bien —murmura en mi oído, aunque sigue aferrándose a mí con la misma fuerza que cuando se lanzó a mis brazos—. Solo nos asustó. No sabíamos que no podían alcanzarnos.

Trago saliva. No quiero soltarla nunca más. La llevo a mi dormitorio y doy vueltas en círculo con ella.

—Estoy bien —repite. Apoya su mejilla contra la mía—. Tu fiebre ha bajado. ¿Te sientes mejor?

Doy otra vuelta en círculo.

—Bájame, grandulón. Necesito vestirme. Aunque, claro, no tengo ropa que ponerme.

La coloco suavemente sobre la cómoda y saco una camiseta de manga larga para que se la ponga mientras ella se quita las bragas mojadas. Se pone la camiseta por la cabeza. Las mangas caen sobre sus manos, haciéndola parecer una muñeca de trapo. Se ríe y saca los brazos de las mangas, luego los empuja a través del cuello de la camiseta, bajándola por debajo de sus hombros. Luego ata las largas mangas bajo sus pechos, creando la apariencia de un vestido sin tirantes. Es bohemio y hermoso. La tomo de nuevo en mis brazos y beso su frente.

—Estoy bien —dice de nuevo—. Vamos, regresemos allí para hablar de esto.

Sé que tiene razón, pero preferiría mantenerla encerrada en mi dormitorio.

Indefinidamente.

También estoy extremadamente distraído sabiendo que no lleva bragas debajo de mi camiseta. Mi mano cubre su trasero mientras salimos juntos, y mis dedos trazan la curva de sus nalgas.

Ella inclina la cabeza hacia mí y me regala una sonrisa secreta.

Todos están en la sala cuando llegamos. Sasha también se ha cambiado de ropa, y Lucy está de pie con el pequeño Benjamin sobre su hombro, dándole palmaditas en su pequeño trasero con pañal. Su expresión es tensa. Estoy seguro de que a la abogada tan nerviosa no le gusta que ninguna violencia de la bratva se acerque a su hijo. Fue la razón por la que intentó ocultar su embarazo a Ravil en primer lugar. Ravil solo consiguió ganársela después de secuestrarla y mantenerla como su prisionera.

—Llegamos demasiado tarde. El equipo encontró el edificio de oficinas desde donde disparaban, pero el tirador ya había escapado —me informa Maxim.

Joder.

Cruzo miradas con Sasha y señalo con el dedo el vestido improvisado de Story y luego la señalo a ella con expresión interrogante.

—¡Story necesita algo de ropa! —adivina Sasha. Hace un gesto a Story—. Pensaba conseguirte algo cuando saliéramos. Ven conmigo. —Desaparecen juntas en el dormitorio, y cuando emergen, Story lleva unas mallas bajo mi camiseta y una sudadera rosa corta para cubrirse los brazos. Parece la estrella de rock que es.

—Escuchad, voy a necesitar ir a por algunas cosas si me voy a quedar aquí toda la semana —dice Story.

Por encima de mi cadáver va a salir de este lugar. Niego con la cabeza.

Maxim y Ravil intercambian una mirada.

—No es mala idea —dice Maxim, apelando a mí—. Solo adelantamos el plan yendo a su apartamento. Sería más fácil controlar las cosas allí que en un club nocturno.

Story me mira.

Niego con la cabeza hacia ella.

—Story no tendría que ir necesariamente. Vosotros dos podríais quedaros aquí, donde no pueden tocaros. Enviamos un equipo a su apartamento para recoger sus cosas. Si vemos a alguien, lo atrapamos —dice Ravil.

Asiento con la cabeza. Aceptaré cualquier plan que no involucre a Story. Recojo el papel y el lápiz que siguen sobre el mostrador y escribo: *Es difícil ver cómo funcionaría sin que yo estuviese allí.* Se lo entrego a Ravil.

Él lo lee en voz alta.

—Cierto. Entonces vienes tú. Dejamos a Story aquí. Tú serás el cebo. Es mucho más simple. Necesitamos resolver esto inmediatamente.

—Me gustaría ir, sin embargo —dice Story—. Ya sabes, para averiguar lo que necesito.

Niego con la cabeza.

—Oleg, estás siendo irra...

Corto el argumento de Story golpeando con el puño la pared a mi lado. No pretendía mostrar mi agresividad, pero le han apuntado con una pistola a la cabeza y ahora le han disparado. No hay forma de que la deje caminar hacia el peligro de nuevo cuando no tiene por qué hacerlo.

—*Eh* —espeta ella, con los ojos llameantes. Claramente no

me tiene miedo, lo cual es un alivio. De hecho, se planta justo delante de mí (bueno, tan cerca como puede estar de mi cara considerando cuánto más baja es que yo) y me señala con el dedo—. *No* vuelvas a hacer eso.

La miro fijamente. Sé que debería disculparme, pero tampoco puedo prometer que no volverá a suceder. Soy jodidamente irracional cuando se trata de su seguridad.

—Tiene más agallas que yo —murmura Pavel.

—¿Verdad? —responde Dima.

—Como si él fuera a hacerle daño alguna vez —se burla Sasha—. ¿Vosotros dos? Sois otra historia.

—Story se queda. —La autoridad de Ravil corta cualquier discusión. —Oleg viene. Maxim, organiza el respaldo. Saldremos en una hora.

—Tú no —advierte Lucy, con los ojos muy abiertos desde la esquina.

Ravil vacila, con su mirada desviándose hacia su bebé y su madre.

—El *Pakhan* se queda —dice Maxim, como si fuera el jefe, en lugar de Ravil. Sabe que Ravil no elegiría protegerse a sí mismo, y su matrimonio depende de mantener a su familia alejada de la violencia de la bratva.

Me odio a mí mismo por traerles esta violencia.

Si tuviera algo de decencia, me iría. Saldría solo, me ofrecería a los matones que me buscan y liberaría a todos los demás (especialmente a Story) del peligro en el que les estoy metiendo.

Pero dejar a Story me parece imposible. Mi vida comenzó la noche que la llevé a casa. Desperté de entre los muertos. Quise conectar. Compartir.

Así estoy atrapado ahora, entre la necesidad de quedarme con Story y la necesidad de protegerla.

～

Story

Hago una lista de cosas que quiero de mi apartamento, y los chicos se van.

He visto cosas bastante locas en mi vida. He visto a mis padres tener el tipo de peleas que involucran platos volando y muebles rotos. He tenido que ingresar y sacar a mi madre de hospitales psiquiátricos. Sostuve a mi hermano durante un mal viaje de drogas. En la escuela secundaria, mi mejor amiga se cortó las muñecas, y me senté a su lado en el hospital.

Me considero resiliente. Por eso no me asusté completamente cuando encontré a Oleg herido y sangrando en mi furgoneta. O cuando le vi matar a mis tres atacantes. He desarrollado una alta tolerancia al trauma.

Pero ahora mismo, estoy tan nerviosa como nunca lo he estado. Tengo el estómago en la garganta y nunca me he sentido tan impotente. La idea de que le pase algo a Oleg me aterroriza.

Camino de un lado a otro frente a los ventanales que dan al lago en el salón del ático, demasiado alterada incluso para ordenar mis pensamientos.

Sasha me observa con simpatía.

—Estará bien. Todos lo estarán.

La miro para ver si está tratando de convencerse a sí misma. Tiene los dedos entrelazados con fuerza y también está de pie sin rumbo.

Pero dice:

—Estos tíos son duros.

—Sí. —Recuerdo lo eficiente y hábil que parecía Oleg en Rue's. Sabe lo que hace, y no está solo.

—¿Te gusta poner música cuando intentas no pensar en algo?

—Sí.

—¿Quieres coger tu guitarra?

—¿No te importa?

—¿Bromeas? Yo también necesito la distracción.

—¿Y el bebé? —pregunto.

Sasha hace un gesto con la mano.

—Oh, lo hemos entrenado para que duerma a pesar de todo.

Voy a la habitación de Oleg y cojo mi guitarra. Cuando la traigo de vuelta, la afino y paso los dedos por las cuerdas sin pensar.

—¿Cuál es tu favorita? —le pregunto a Sasha.

—Oh, cosas tontas. Los cuarenta principales. Toca lo que te guste.

Toco todo el álbum de Storyteller de manera automática, solo intentando pasar el tiempo.

—¿Todo eso es música original? —pregunta Sasha cuando termino.

Asiento, distraída. El ruido en mi cabeza es muy fuerte.

—¿Tenéis un mánager?

Me río.

—Sí, yo.

—No, necesitáis un mánager de verdad. Alguien que os promocione a tope. Que os consiga actuaciones fuera de Chicago. Si ampliáis vuestro alcance, apuesto a que podríais conseguir un contrato discográfico. En serio.

Me salvo de desviar su bien intencionado consejo porque se abre la puerta. Oleg entra primero, y casi me caigo de alivio.

Dejo caer la guitarra y corro por encima del sofá; un pie en el cojín, el siguiente en el respaldo y me lanzo hacia él, envolviendo mis piernas alrededor de su cintura.

Me atrapa, me da vueltas y apoya mi espalda contra la pared, reclamando mi boca con una intensidad que hace que se me curven los dedos de los pies. Cuando se aparta, no le dejo, persiguiendo sus labios con los míos para más. Uso mi lengua, esperando que no le moleste que no pueda usar la suya. No parece importarle. Agarra mi trasero y baja mis caderas, para poder presionar el bulto de su erección entre mis piernas.

—Estaban allí, pero vieron al resto de nosotros y se marcharon a toda velocidad —oigo que Maxim le dice a Ravil—. Pavel y yo perseguimos su coche, y tenemos el número de matrícula. Será un coche de alquiler, pero quizás Dima pueda rastrearlos.

—Ya estoy en ello. —Dima se ha teletransportado de alguna manera a su puesto de trabajo donde sus dedos vuelan sobre las teclas.

Oleg me baja y lleva mis cosas a su habitación, luego volvemos al salón, donde me acurruco en el regazo de Oleg en el gran sofá rojo. Encienden el televisor con Netflix, y Nikolai elige *Arrested Development*. El alivio de hacer algo normal, de tener a Oleg de vuelta, la forma en que silencia el ruido para mí es tan grande que casi me quedo dormida.

—Bueno, he encontrado algo. Hay una recompensa de tres millones de dólares en la *dark web* de Rusia por entregar a Oleg vivo —dice Dima—. Parece que podría ser de otra célula de la bratva. —Lee en voz alta—: *Asunto: Ejecutor de la bratva de la célula de Ravil Baranov. Residencia: fortaleza bien vigilada de la bratva, probablemente imposible de penetrar. Se sabe que frecuenta un bar llamado Rue's Lounge, con un posible interés amoroso allí.* Y hay una foto de Story en la mesa de Oleg.

Un músculo se contrae en la mandíbula de Oleg.

Dima levanta la cabeza.

—Yo digo que lo entreguemos y cobremos la recompensa.

Oleg se pone tenso, levantando bruscamente la cabeza.

—Es una broma. —Dima se pone serio. —*Gospodi*, Oleg, ¿de verdad crees que te venderíamos?

—Publica un aviso —dice Ravil—. Oleg me pertenece. Cualquiera que intente tocarlo muere. Si alguien quiere la información que tiene en su cabeza, está a la venta. Pueden hablar conmigo.

Oleg parece que no está respirando.

—¿Estás bien con eso? —murmuro solo para sus oídos.

Él traga saliva y asiente.

—Publicar un aviso —murmura Dima, pero su cara está en la pantalla, sus dedos vuelan sobre las teclas—. No es exactamente así como funciona, pero entiendo.

Ravil mira a Oleg.

—Ya recibí una llamada de Kuznets en Moscú. Quiere nombres. ¿Los tienes?

Oleg niega con la cabeza.

—¿Ningún nombre? ¿Ni uno solo?

Vuelve a negar con la cabeza.

—¿Solo caras?

Oleg asiente.

—Y han pasado años. Eso no va a ser útil para nadie. ¿Puedes publicar eso en la *dark web*? —pregunta Ravil a Dima.

Dima resopla, pero sigue tecleando.

—Publicaré un aviso —dice sarcásticamente, pero también está asintiendo, como si fuera a hacer todo lo que pudiera.

—¿Eso mantendrá a Oleg a salvo? —pregunto.

Ravil asiente.

—Me ocuparé de ello. Nadie lo tocará sin mi autorización, lo que significa que nadie lo tocará. —Un escalofrío me recorre la columna porque puedo sentir prácticamente el peligro que irradia de Ravil. Al menos está del lado de Oleg. Odiaría estar en el lado equivocado de este tipo.

CAPÍTULO 12

$\mathcal{O}$leg

—Eh, gracias, tío —dice Flynn cuando dejo el pesado amplificador en el escenario de un *pub* cervecero el viernes por la noche.

Casi me marcho sin reconocer sus palabras, como habría hecho mi antiguo yo, pero luego me giro y asiento. Story me está cambiando. Me está devolviendo a la vida. Estoy comunicándome. Dando y recibiendo de las personas que me rodean. Es algo tan simple y a la vez tan profundo.

Mi recompensa es una sonrisa que hace juego con la de Story.

He traído a Story al concierto de los Storytellers, y toda mi banda ha venido como respaldo, pero Ravil cree que Story y yo estamos a salvo ahora.

Según Dima, todo el interés por mí ha desaparecido de la *dark web*. Ya no hay más contratos para capturarme. Respondí tanto a Kuznets, el nuevo *pakhan* de Moscú, como a otro jefe de la bratva en Rusia. Les conté a ambos todo lo que sé. Recordé a muchas personas que habían cambiado. Simplemente no conozco sus nuevas identidades. No me entregaron ninguna memoria USB secreta con toda la información que haya guardado todos estos años. Después de varias horas de interrogatorio, ambos jefes decidieron que era bastante inútil.

Esta es nuestra prueba. Estamos en público, totalmente expuestos. Soy como un cable pelado, completamente tenso, pero el entusiasmo evidente de Story por poder actuar hace que lo disimule por ella.

Después de cargar todo el equipo pesado para la banda, encuentro una mesa al lado de la sala. No es el Rue's, así que no hay un lugar más cercano al escenario que pueda ocupar, pero tengo la espalda contra la pared y puedo ver a todo el mundo, así que esto funciona.

Sasha y Maxim se dejan caer en las sillas a mi lado. Pavel y Adrian encuentran su propia mesa, Dima y Nikolai ocupan la pared opuesta. Todos llevamos armas, aunque no las usaríamos aquí dentro.

Sasha pide un Cosmo. Maxim pide Stoli con hielo. Levanto las cejas y señalo cuando él hace su pedido, indicando que quiero lo mismo. Tengo conmigo el iPad que Dima me dio, sin embargo. Podría pedir cualquier cosa que quisiera.

Hay una ligereza en esa libertad. No creo que me diera cuenta de cómo me había encadenado a mí mismo al no intentarlo nunca. No es como si Dima no hubiera podido darme un dispositivo hace mucho tiempo. El tío puede hacer prácticamente cualquier cosa. Simplemente no lo intenté. No me importaba no poder comunicarme.

O pensaba que no me importaba.

Story lo ha hecho importante ahora.

Cuando no estoy examinando a la multitud en busca de peligro, mis ojos la siguen dondequiera que se mueve. Eso es algo natural. Si ella está en una habitación, mi mirada se queda fija en ella. Pero se siente diferente esta vez.

Ahora es mía.

Sé que tiene miedo al compromiso. Su situación familiar durante su infancia le hace difícil aceptar la estabilidad. La impermanencia es el juego al que ha estado jugando durante demasiado tiempo.

Pero sé que le importo. Sé que le gusta cómo la toco. Está tan excitada por mí como yo por ella. Planeo demostrarle que no me voy a ninguna parte. Seré tan sólido como una roca para ella hasta que exhale mi último aliento.

Me envía miradas secretas mientras afina su guitarra eléctrica y comprueba el micrófono. Antes también me reconocía, pero no así. Ahora todo en ella dice que está aquí conmigo.

La banda vino al Kremlin esta tarde para ensayar. Ravil les dejó usar una oficina en un piso que está mayormente vacío ahora mismo. Me senté a mirar, sin querer dejar a Story sola ni por un momento.

—Tu novio me está poniendo nervioso —se quejó Flynn en un momento, cuando seguía equivocándose con los acordes. Me envió una sonrisa ladeada, llena de un encanto despreocupado.

Los otros dos miembros de la banda apenas habían dicho una palabra, y me di cuenta de que probablemente los ponía nerviosos a todos.

Estaba a punto de usar el iPad para ofrecerme a esperar fuera, pero Story les dijo:

—Acostumbraos. Oleg está con nosotros ahora.

Aparentemente, con esa facilidad, fui aceptado en la esfera de la banda. Algo que parecía no más que una fantasía hace apenas unas pocas semanas.

Ahora me imagino a mí mismo como su *roadie*, encargado de llevar el equipo pesado y montarlo. Protegiendo a la banda. Me gusta la idea.

—Deberíamos contratarles un mánager —dice Sasha,

también observando—. Son muy buenos. No puedo creer que no hayan crecido más.

Maxim asiente distraídamente. Como yo, sigue recorriendo el club con mirada alerta.

—Quiero decir, lo haré yo hasta que encontremos a alguien —ofrece Sasha.

La miro fijamente. Sin dudar esta vez, hago que mi expresión sea viva y legible. Levanto las cejas y extiendo las manos.

Sasha parece entenderlo.

—Totalmente lo haría por ellos. Y lo haría condenadamente bien, además. —Sopla en sus uñas y finge pulirlas en su manga.

—Definitivamente —coincide Maxim.

Asiento.

Hago el signo de "gracias". Story ha pasado los últimos días haciéndome ver vídeos de YouTube con ella para aprender lo básico. No sé por qué nunca lo consideré antes.

—De nada —Sasha resplandece. Ella también ha aprendido la mayoría de ellos.

La banda toma sus instrumentos, y Story agarra el micrófono.

—Hola a todos, soy Story Taylor, y somos los Storytellers. Gracias a Windy City Brew por permitirnos tocar aquí hoy.

No espera una respuesta, y la banda arranca con uno de sus temas más animados. Las personas que no estaban prestando atención mientras ella hablaba ahora mueven sus cabezas al ritmo de la música.

Un extraño sentimiento se apodera de mí.

Satisfacción.

Es como si todo el placer de cada vez que he visto actuar a Story se condensara en este único momento.

Porque ahora es mía.

Esta supernova de chica me pertenece. Estuvo en mi cama anoche. Me dejó atarla y devorarla toda la noche.

Vuelvo a comprobar la multitud, haciendo crujir mis nudillos. El pensamiento de que alguien intente hacerle daño de nuevo me vuelve letal. Pero no veo nada fuera de lugar. Nadie que destaque como si no perteneciera ahí.

Mis hermanos también están aquí vigilando. Tampoco dejarían que le pasara nada a Story. Debería haberles confiado los detalles de mi feo pasado hace mucho tiempo.

Story enlaza con su siguiente canción y luego otra más. El *pub* está ahora animado, la gente habla y se divierte, escuchando. Aún no hay nadie bailando, pero eso no suele ocurrir hasta más tarde. Los Storytellers han perfeccionado el arte de tocar exactamente el ritmo adecuado para cada momento, animando el final, cuando las bebidas han hecho que el público esté contento y relajado. Listos para bailar.

Cuando la banda hace una pausa, Story viene directamente a mi mesa y se deja caer en mi regazo. Rodeo su cintura con mi brazo, sintiéndome tan alto como una montaña.

Habéis estado geniales, escribo en el iPad.

Ella se gira para besarme. Un beso largo y prolongado que probablemente incomoda a Maxim y Sasha.

—Me encanta tenerte en mis conciertos.

Lo siento muchísimo por haberme perdido el último, escribo. Sé que la decepcioné, y ahora que tenemos medios para comunicarnos, necesito explicarme. *Me quedé dormido por la conmoción cerebral. Te prometo que nunca me perderé otro.*

Me mira durante un largo rato, luego toma mi cara entre sus manos.

—Te creo. —Hay una expresión de asombro en su rostro. —Eso me da tanto miedo. Creo que siempre espero que la gente me decepcione, y luego me sorprendo gratamente cuando no lo hacen. Pero contigo... no sé. Podría llegar a... —Traga saliva. —Depender de ti.

Depende de mí, escribo.

Ella sonríe.

Vente a vivir conmigo, tecleo.

Se queda paralizada, con sus ojos saltando de las palabras en el iPad a mi cara y viceversa.

Blyad!. Me he precipitado.

Te quiero en mi cama. Intento aligerar el ambiente convirtiéndolo en algo sexual. *Cada noche.*

Funciona. Sonríe.

—Aterrarías a todos mis alumnos de guitarra.

Joder. ¿Realmente lo está considerando?

Insonorizaremos esa oficina vacía para ti y la banda, prometo. Por supuesto, tendría que consultarlo con Ravil, pero haría cualquier cosa para que funcionara para ella.

Arrastra su labio inferior entre los dientes.

—Vale.

Estaba tan ocupado preparando mi siguiente oferta para hacer que esto funcionara para ella que apenas proceso lo que dijo.

Levanto las cejas con incredulidad.

Ella se ríe y asiente.

—Intentémoslo. —Se encoge de hombros. —Me encantaría vivir contigo y la pandilla.

—¿Qué es esto? —interrumpe Maxim—. ¿He oído que te mudas con nosotros?

Story se encoge de hombros con una gran sonrisa.

—Bueno, tenéis una piscina maravillosa en la azotea.

Sasha echa la cabeza hacia atrás y se ríe. Señala a Story.

—Tú y yo vamos a armar jaleo juntas en el Kremlin.

Maxim gime, pero su expresión es indulgente. Está loco por su novia salvaje e indómita.

Story levanta su vaso de agua y brinda con todos nosotros.

—Por armar jaleo.

STORY

Oleg me empuja contra el lateral de su Denali, presionando su enorme cuerpo contra el mío. Su boca encuentra mi cuello y muerde, insinuando su muslo entre mis piernas para que me frote contra él.

—¿Vas a dármelo duro otra vez? —pregunto, sin aliento.

Sus grandes manos agarran mi trasero, y gruñe en mi oído.

Ya estoy excitada por él; actuar me pone cachonda y también lo hizo sentarme en su regazo entre actuaciones. Me encanta la sensación de ser reclamada por él.

Levanta mis caderas y se frota contra mí, y el bulto de su polla presiona justo contra mi punto más sensible.

—¿Me lo prometes? —pregunto.

Se ríe. La primera risa que le he oído jamás.

Luego me baja con suavidad, abre mi puerta y me sube. No ayuda, literalmente *me sube* dentro y me coloca en el asiento.

Al tío le gusta manejarme con rudeza.

Y a mí me gusta que me manejen con rudeza.

Pone el Denali en marcha y toca el claxon a Maxim y Sasha, que esperaban en un precioso Lamborghini azul para asegurarse de que salíamos de allí sanos y salvos.

—Nos quieren de vuelta el mes que viene —le digo felizmente a Oleg—. Estaba allí recogiendo nuestro pago y aparece Sasha y se presenta como nuestra mánager.

Oleg me mira de reojo mientras conduce.

—Básicamente le preguntó si estaba contento con cómo animamos el local y luego le preguntó cuándo le gustaría tenernos de vuelta y si quería convertirlo en algo habitual. Accedió a recibirnos mensualmente, y entonces ella le preguntó si consideraría cobrar entrada y dárnosla directamente a la banda.

Oleg me mira queriendo saber más.

—Así que dice "¿cuánto está pensando?" Ella le dice que empezaríamos con una entrada de cinco dólares, pero después de haber construido nuestro público, la subiría a diez.

Oleg inclina la cabeza a un lado, lo que interpreto como su forma de preguntar qué pienso.

—Creo que es brillante. Él aceptó porque, a corto plazo, nosotros asumimos el riesgo. Como que probablemente no ganaremos tanto las primeras veces, pero Sasha dijo que si empezamos a recopilar correos electrónicos de Rue's y luego le decimos a todo el mundo dónde estaremos, podríamos conseguir que los fans nos siguieran a todas partes.

Oleg se señala el pecho.

—¿Eres mi fan? —pregunto.

Me da ese fantasma de sonrisa que hace que se me curven los dedos de los pies dentro de las botas y asiente.

—No, tú eres mi jefe. Mi Gran Papi. El tipo que manda... en la cama, al menos. —Enrosco un mechón de pelo rosa alrededor de mi dedo y le sonrío. Ya empapé mis bragas en el aparcamiento cuando me empujó contra el vehículo. No puedo esperar a ver qué elige esta noche.

Su sonrisa se tuerce en una mueca, transformando su cara de peligrosa a devastadoramente guapo.

Aparca en el Kremlin (mi nuevo hogar, supongo, si realmente vamos a seguir adelante con esto) y sostiene mi mano hasta que entramos en el ascensor.

Entonces me clava contra la pared del ascensor, besándome intensamente, inmovilizándome con su cuerpo mientras sus manos suben mi falda y rasgan mis medias de rejilla. Gimo cuando frota un dedo sobre mi hendidura, y luego hunde la punta en mi entrada.

El ascensor suena, y me levanta para que rodee su cintura con mis piernas, llevándome a su dormitorio.

Me quito las botas de combate de una patada.

—Debería ducharme —le digo, no porque quiera retrasar la diversión, sino porque probablemente apesto después de la actuación. Me agarra por la cintura y me da una palmada en el trasero.

—¿No se permiten duchas? —me río.

Él niega con la cabeza.

—¿Por qué no?

Se aprieta con rudeza la polla tensa a través de los vaqueros y luego señala hacia la cama con las cejas levantadas en gesto de falsa severidad.

—¿Me necesitas en tu cama ahora?

No espera confirmación, simplemente me levanta del suelo y me lleva a la cama, donde me dobla y me levanta la falda.

—Dios mío —gimo, ya temblando de emoción. No sé por qué me excita tanto cuando se pone rudo de esta manera, pero no requiere análisis. Es lo mío.

Oleg es lo mío.

Me da una palmada en el trasero. Su mano es grande y firme, y me empuja hacia adelante sobre mis manos en la cama. Espero, temblando por más.

Oleg es un monstruo esta noche. Rasga mis medias de red, que caen hechas jirones alrededor de mis tobillos. No llevo bragas debajo, así que estoy desnuda para él de cintura para abajo. Empieza a azotarme, rápido y fuerte, como hizo el primer día aquí en su casa. Duele, pero me excita. El dolor simplemente se convierte en placer. En más excitación. La intensidad coincide con el nivel de pasión de Oleg.

Del mío.

Mi trasero arde y hormiguea, pero él aún continúa,

rodeándome por delante para frotar mi clítoris al mismo tiempo.

—Oleg, por favor —suplico, necesitando más que estimulación clitoriana. Lo quiero profundo dentro de mí. Mostrándome su fuerza y poder. Haciéndome sentir pequeña y a su merced.

Cuidada.

Protegida.

No me preguntéis cómo azotarme me hace sentir protegida, pero así es. Mis rodillas se debilitan con la sumisión. Arrojo mi bandera blanca de rendición a sus pies.

Tómame, Gran Papi.

Muéstrame lo que tienes para mí.

Me da una palmada más, luego oigo su cremallera y el roce de la tela mientras se quita los vaqueros. Empiezo a subir a la cama, pero me agarra de la cintura otra vez y me arrastra hacia atrás, colocándome en la misma posición: doblada sobre la cama, con mis piernas separadas y mi trasero desnudo levantado hacia él.

Me da una ligera palmada entre las piernas.

Gimoteo. No dolió, pero es sensible ahí, obviamente.

Golpea ligeramente mi muslo exterior, luego empuja mis pies para separarlos más. Obedezco, abriendo mis piernas aún más para él.

Me azota el coño de nuevo.

—Oleg —gimoteo.

Acaricia mi muslo exterior con su palma callosa, acariciándome. Mostrándome que estoy a salvo, aunque no es que estuviera preocupada.

Otra palmada rápida entre mis piernas. Jadeo. Luego suelta una serie de palmadas cortas y rápidas que casi me hacen correrme. Mi coño está húmedo e hinchado bajo sus dedos, haciendo un sonido húmedo y pegajoso cada vez que me azota allí.

Meneo el trasero.

—Más. Por favor, Oleg. Te necesito dentro de mí.

Tira de mi falda, con su cintura elástica, por encima de mi cabeza, junto con mi camiseta. Mi sujetador es lo siguiente en caer. Ahora estoy completamente desnuda para él. Me coloca de nuevo, luego gruñe y arrastra la cabeza de su polla por mis jugos. Giro las caderas hacia arriba y empujo hacia atrás, desesperada por la penetración.

Me da una palmada en el trasero y luego me penetra. Gimo de placer.

Él responde con un murmullo, mi sonido favorito.

Después de unas pocas embestidas cortas, se retira. Agarrando mis caderas, me levanta sobre mis manos y rodillas en la cama, luego se arrastra detrás de mí y entra de nuevo.

—Sí, *por favor*.

Él murmura.

Envolviendo una mano firmemente alrededor de la parte posterior de mi cuello, me embiste de una manera firme y deliciosamente irrespetuosa. Justo cuando creo que no puede sentirse mejor, presiona entre mis omóplatos, forzando mi torso hacia abajo en la cama en una posición aún más sumisa.

—Oleg —gimoteo.

Embiste contra mí, mostrándome quién manda con cada poderosa estocada. Su pulgar encuentra mi ano, y chillo sorprendida, apretándome contra la intrusión.

Para mi consternación, se retira y me da unas palmadas. Oigo el sonido del cajón de la mesita de noche abriéndose, y luego se arrastra detrás de mí y empuja mis nalgas para separarlas.

Gimoteo, sospechando lo que va a pasar. Lo quiero y no lo quiero al mismo tiempo.

O tal vez lo quiero, pero me avergüenza la idea.

Un poco nerviosa.

No importa porque sé que Oleg me cuidará. Prestará atención a mis necesidades y escuchará.

Siento una gota de gel frío caer sobre mi ano, y me estremezco y tiemblo. Oleg lleva su polla a mi entrada trasera.

Me quedo quieta, esperando.

Oleg me rodea, frotando mi clítoris mientras aplica una suave presión. Después de un momento de resistirme, mi pequeño anillo de músculos se relaja y se abre, y él se hunde.

—Oh —gimo. Es intenso. Oleg echa más lubricante sobre mi raja y lo frota alrededor. Cuando empuja de nuevo se vuelve aún más intenso hasta que consigue meter la cabeza, entonces se desliza completamente dentro.

Dejo escapar una larga vocal al exhalar.

Oleg va despacio, tomándose su tiempo mientras llena mi trasero con su enorme polla. Todo el tiempo, frota mi clítoris o me penetra con los dedos, dando suficiente atención a mis partes femeninas para mantenerme en el placer.

Él murmura de nuevo.

Yo le respondo igual.

Oleg trabaja con su polla dentro y fuera de mi trasero. Mi vientre se agita con lo travieso de la situación. Mi coño se aprieta contra sus dedos cada vez que entran en mí.

Oigo la respiración de Oleg volviéndose áspera. Sus embestidas adquieren algo de fuerza.

Grito con el dolor y placer que me produce.

Me empuja hacia adelante, siguiéndome hasta que estoy completamente tumbada sobre mi vientre, y él está encima de mí, con sus dedos todavía bajo mis caderas haciendo magia. Embiste mi trasero en esta posición, que se siente más segura, quizás porque mi carne no está tan tensa de esta manera.

Me rindo completamente a las sensaciones. Es placer total. Hay suficiente lubricante, la posición es perfecta, y la estimulación clitoriana tiene mi cohete listo para despegar en cualquier momento.

—Oleg, Dios mío —gimo—. Es tan bueno. Tan intenso. Tan bueno. —Estoy balbuceando ahora. No me importa. Nunca me importa con Oleg. Nunca soy consciente de mí misma. Nunca me autocensuro. —Por favor —suplico—. Porfavorporfavorporfavorporfavorporfavor.

La respiración de Oleg se vuelve errática. Sus embestidas son más fuertes. Entierra tres dedos dentro de mi coño, presionando la palma de su mano sobre mi clítoris con firmeza. Aprieto mis paredes alrededor de sus dedos, desesperada por correrme.

Gruñe y empuja profundamente. Siento sus muslos temblar contra los míos mientras se corre.

Grito. Mis músculos del suelo pélvico no se contraen, quizás tengo miedo de contraer el ano alrededor de su polla. Quizás es simplemente demasiado grande. No lo sé. Es un tipo de orgasmo diferente. Muy diferente, pero infinitamente más intenso.

Tiemblo y me estremezco debajo de él, y la sensación se propaga por todo mi cuerpo.

Me rodea con sus brazos y tararea suavemente.

—Te quiero —susurro. No lo había dicho antes, aunque ha sido verdad desde el principio. Estaba demasiado asustada. Demasiado segura de que las cosas terminarían, y me arrepentiría de haberlo dicho.

Pero ahora me estoy mudando con él. Estamos avanzando en nuestra relación. Sigo aterrorizada, pero intento confiar en que Oleg seguirá aquí mañana.

Que puedo contar con que será tan sólido como ha demostrado ser.

Siento que me devuelve las palabras. Quizás no sea telepatía. Quizás solo soy empática. No importa; lo único que importa es el mensaje.

Me quiere.

Oleg me quiere, y es sólido como una roca.

Puedo confiar en esto. En él.

Puedo confiar en nosotros.

OLEG

Salgo con cuidado de Story y la ayudo a levantarse de la cama para ir a mi baño a darnos una ducha juntos. Lavar a Story se ha convertido en mi pasatiempo favorito. Justo después de follarla. Besarla. Tenerla en mi cama. Tenerla en mi apartamento. Tenerla como mi novia.

Me tomo mi tiempo con ella, pasando mis manos enjabonadas por toda su suave piel, lavándole el pelo.

Está cansada y apenas puede mantenerse en pie después del orgasmo que le he dado, así que la sostengo mientras seguimos. La seco con la toalla cuando terminamos. La acomodo en la cama y voy a la cocina para traernos un par de vasos de agua.

Y es entonces cuando lo veo.

Una botella de Sovetskoye Shampanskoye sobre la encimera con una cinta roja atada al cuello. De alguna manera logro que mis dedos se muevan para coger la pequeña tarjeta adjunta. Mi nombre está impreso con la letra audaz que reconocería en cualquier parte.

La letra de Skal'pel'.

El regalo de Skal'pel'.

El champán soviético era uno de mis favoritos cuando trabajaba para él. Fue el primer alcohol que bebí en mi juventud, y supongo que seguía comprándolo por familiaridad. Ciertamente no por buen gusto. Ahora odio esa bebida.

Mi corazón late fuerte y dolorosamente en mi pecho. Mi estómago se llena de ácido.

Skal'pel' está aquí, en Chicago. Como temía, cuando se corrió la voz sobre mí, también llegó hasta él. Soy el cabo suelto que no ató bien cuando cerró el negocio.

Con dedos temblorosos, doy la vuelta a la tarjeta. Hay una pequeña foto pegada en la parte posterior. Me lleva un momento distinguirla, pero cuando lo hago, casi vomito.

La imagen es de Sasha y Story en el jacuzzi de la azotea.

A Skal'pel' le gustaban los juegos. Me preparaba pruebas para completar. Probando mi lealtad una y otra vez.

Siempre las pasaba.

Quizás por eso me dejó vivir.

Muchas, muchas veces en prisión deseé que simplemente me hubiera matado.

¿Pero ahora? Joder, ¿*ahora*?

Story está en mi cama. La luz más hermosa de mi vida. Lo único por lo que vale la pena vivir.

Skal'pel' sabe sobre Story. Le disparó desde la azotea, o más probablemente, hizo que uno de sus lacayos le disparara. Eso encaja. El tirador debería haber sabido que no podía alcanzar a nadie. Las balas eran una advertencia. Una amenaza. Para que cuando tuviera esta foto en mi mano, experimentara un verdadero temor por la seguridad de mi hermosa golondrina.

Mis entrañas se vuelven frías. Pantanosas. Viscosas. El siguiente movimiento de Skal'pel', si no respondo a este mensaje, será hacerle daño a Story. Y no será de una manera típica. Será algo enfermizo y retorcido. Algo que me causaría pesadillas por el resto de mi vida. Aunque no es que fuera a vivir para permitir que le sucediera a ella.

No.

No le dejaré acercarse a ella. Story Taylor debe ser protegida por encima de todo. Y eso significa que tengo que entregarme a Skal'pel'. Si me quiere muerto, puede tenerme.

Ya sabe que me sacrificaré por ella. No tiene necesidad de

hacer amenazas oscuras y evidentes. Ambos sabemos de lo que es capaz. Y me conoce, por dentro y por fuera.

Sabe que me pondría delante de un autobús por las personas que amo.

Pero no tiene idea de la profundidad de lo que haría por Story.

Dejo la botella en la encimera, sin tocarla. Camino silenciosamente por el oscuro pasillo hasta mi dormitorio y abro el cajón de mi vestidor donde guardo todo el dinero que Ravil me ha pagado desde que comencé a trabajar para él. Aparte de comprar el Denali, no lo gasto. Las únicas actividades que tengo son ver tocar a Story.

Saco una bolsa de lona y guardo todos los fajos de billetes en ella. Cojo el iPad y abro una ventana con mi cuenta bancaria suiza, la que Skal'pel' me dejó en algún momento entre cortarme la lengua e incriminarme por cargos de drogas. Hago a Story la beneficiaria, y luego compongo un mensaje para ella.

Solo faltan un par de horas para el amanecer. Tiempo suficiente para acostarme junto a Story una última vez antes de irme...

CAPÍTULO 13

*S*tory

La única razón por la que me despierto es porque ya no siento la sólida presencia de Oleg a mi lado. Me acurruco entre las suaves sábanas, saboreando su olor que aún permanece. Tras otro momento, entorno los ojos y miro el reloj de la mesilla. Las once de la mañana. Es bastante normal para mí la mañana después de una actuación. Me incorporo y me froto los ojos, mirando alrededor.

Oleg no parece estar en la habitación.

Quizás ha ido a por bagels otra vez.

Saco las piernas de la cama y casi tropiezo con una bolsa de lona al lado. Encima de la bolsa de lona azul marino está el iPad de Oleg. Sonrío. Me ha dejado una nota.

Cojo el iPad y lo desbloqueo.

Story,

Eres mi razón para vivir, así que, por supuesto, es fácil tomar esta decisión.

Un escalofrío recorre mis extremidades. Me deja sin fuerzas. Mis dedos que sostienen el iPad tiemblan.

Mi muerte es la mejor protección para ti. Toma este dinero, para que pueda seguir protegiéndote desde la tumba.

Te quiero, mi lastochka.

¡No!

Puede que lo haya gritado. Quizás varias veces.

Lo único que sé es que comienzan a golpear la puerta del ático.

Sollozando, me pongo una de las camisetas de Oleg. La puerta se abre y los amigos de Oleg entran en tropel. No los veo. Apenas los oigo por encima de los gritos en mi cabeza.

Dima recoge el iPad y lee las palabras en voz alta para los demás.

Alguien me envuelve en un abrazo. Nikolai, quizás. Me pasan a Sasha, quien también me acoge contra su pecho.

No puedo parar de llorar. Solo escucho fragmentos de su conversación: *...entregándose a Skal'pel'...la botella de champán soviético que le entregaron aquí... No puedo rastrearlo, dejó su teléfono aquí...*

Finalmente me obligo a hablar.

—D-detenedlo —sollozo—. Tenéis que detenerlo.

—Lo haremos —responde Ravil con seriedad, aunque puedo ver por su cara que no lo cree.

Quiere decir que lo intentará.

Pero puede que sea demasiado tarde.

Dios mío, puede que sea demasiado tarde.

¿Cómo ha podido pasar esto? ¿Cómo me he enamorado por primera vez en mi vida solo para perderlo en cuestión de dos semanas?

Estoy hiperventilando. Es ese llanto feo y descontrolado donde no puedes respirar. No puedes hablar. No puedes liberar el torrente de emociones atrapadas en tu cuerpo.

—¿Por qué? —sollozo, aunque ya me ha dicho por qué.

Lo hizo por mí.

Sacrificó su vida, para que yo estuviera a salvo.

Ahora me odio por haber insistido en ir a tocar. Por hacerle preocuparse por mi seguridad.

Joder, si hubiera sabido que significaría que él se entregaría para ser descuartizado por algún médico cruel, me habría encerrado aquí en este ático con él para el resto de mi vida.

La sal de mis lágrimas me quema los ojos.

Alguien me ofrece un pañuelo. Luego otro.

Después la caja entera.

No puedo detener el huracán.

—Tenéis que detenerlo —repito de nuevo—. Por favor.

Algunos de los hombres han salido de la habitación. No estoy segura de lo que está pasando.

—¿Vais a buscarlo? —pregunto. Soy como una niña perdida en el aeropuerto. Ni siquiera sé por dónde empezar o a quién acudir.

Ravil se acerca a mí.

—Estamos intentando localizarlos. Seré sincero. Podría ser difícil. Skal'pel' es un hombre inteligente que podría estar usando cualquier identidad y llevando cualquier rostro. Podría haber estado viviendo en cualquier lugar. Pero Dima está trabajando en todos los ángulos que se nos ocurren.

Niego con la cabeza, negándome a aceptar esa respuesta.

—No. Tenéis que encontrarlo. Tenéis que llegar allí antes de que ocurra algo. ¿Cuánto tiempo lleva fuera? ¿Alguien lo sabe?

—Aún no —murmura Ravil, sacando su teléfono—. Pero consultaré con Maykl en la puerta principal. Tenemos grabaciones de seguridad.

Deambulo por la habitación, con el estómago encogido bajo las costillas.

—Esto está mal —murmuro entre sollozos entrecortados—. Todo está mal.

—Story. —Ravil agarra suavemente mi hombro. —Me

gustaría que te quedaras aquí mientras resolvemos esto, ¿de acuerdo? Puede que sigas en peligro, y necesito mantenerte a salvo.

Le miro fijamente y luego estallo en nuevas lágrimas, pero asiento.

—Sí —digo. Quiero estar con ellos. Necesito estar con las personas que conocen y quieren a Oleg.

Porque necesito que me lo traigan de vuelta.

Oleg

Parpadeo, intentando abrir los ojos, pero incluso cuando lo hago, no puedo ver. Me muevo. Tengo las muñecas atadas. Debe haber una bolsa sobre mi cabeza.

Sigo vivo.

Me sorprende este hecho.

Al amanecer, salí cerca del Kremlin y me quedé esperando fuera del edificio.

Permanecí inmóvil durante tres horas, y entonces una limusina negra apareció al otro lado de la calle y aparcó. Cuando nadie salió, esperé unos minutos, luego crucé la calle y abrí la puerta del asiento trasero.

Estaba vacío.

—Sube —dijo el conductor, sin mirarme. Era americano. Posiblemente un matón a sueldo. Condujo hasta una pista de aterrizaje privada y aparcó. Allí, las puertas traseras fueron abiertas simultáneamente por otros dos matones, también americanos, que me dijeron que saliera y subiera al avión, un pequeño jet estacionado en la pista. Subí los escalones. En el momento en que llegué a la parte superior, alguien me clavó una aguja en el cuello. No luché contra ellos ni contra la droga. Simplemente miré alrededor buscando a Skal'pel' antes de caer en los brazos de los dos matones que me habían seguido.

Nunca le vi.

Puede que nunca hubiera estado en Chicago.

Tiene sentido. No arriesgaría su propio pellejo para atraparme.

Compruebo mis ataduras. Mis muñecas están atadas por delante con lo que parecen bridas. Estoy sentado en un asiento cómodo, ¿tal vez la butaca del jet?

—Estás despierto. —La voz comedida de mi antiguo jefe llega a mis oídos. Está hablando en ruso.

La bolsa desaparece. Estamos en el jet; al menos, creo que es el mismo jet, pero podría ser uno diferente. Skal'pel' está sentado frente a mí con un caro traje a medida. No reconozco su rostro, lo ha cambiado. Pero recordaría esa voz en cualquier parte. Y su complexión no ha cambiado, aparte de algunos kilos de más.

No me muevo. No tengo fuerzas para luchar. Mi único plan era entregarme a este hombre para salvar a Story.

—Aprecio tu forma de operar, Oleg.

La rutina es familiar. Esa manera cariñosa con la que me mira. Los elogios. Luego me dirá lo que quiere con la total y completa expectativa de que se lo proporcionaré.

Siempre lo hice.

Se inclina hacia delante y me baja el párpado inferior, como si estuviera examinando mi pupila.

—¿Estás completamente aquí? ¿Has vuelto del todo?

No respondo.

—¿Oleg? —Ese tono suave y expectante me sonsaca un asentimiento antes de que me dé cuenta de que lo estoy haciendo.

Levanta un dedo y un tipo delgado con bigote aparece con una botella de agua, que abre y entrega a Skal'pel'. Mi antiguo jefe se inclina hacia delante y acerca la botella a mis labios.

No quiero aceptar su ayuda, pero en cuanto el agua entra en mi boca, trago con avidez. El tranquilizante me ha dejado la boca seca y sedienta.

—Hiciste lo correcto. Tu pequeño pajarillo estará a salvo. No más balas en la azotea.

Joder. Fue él. Supongo que en el fondo sabía que tenía que ser él.

No me muevo. Si esto fuera una película, lucharía contra mis ataduras. Me lanzaría como si quisiera matarlo por hablar de hacerle daño a mi chica. Pero no es una película. Me quedo pendiente de cada palabra suya, necesitando escuchar el resto.

He estado esperando doce años para tener un cierre. Para saber por qué me abandonó. Me arrugó como un trapo usado, me prendió fuego y me dejó arder.

—Nunca supe qué tipo de mujer te llamaría la atención, pero sabía que tendría que ser inusual. Es la personalidad lo que te importa, ¿verdad? No es que tu Story no sea encantadora. Pero nunca miraste dos veces a la belleza convencional. No te conmovían los pechos perfectos o un buen par de piernas largas. Se necesita a alguien especial para cautivarte.

Frunzo el ceño.

—Lo siento, Oleg. —Skal'pel' me observa. —Nunca fuiste más que leal conmigo. Siempre hiciste lo que te pedí. Rendías mejor que cualquier hombre que haya contratado desde entonces. Pero tu tamaño te hacía demasiado difícil de ocultar. —Me ofrece otro trago, y lo acepto. —Cambiar tu cara no habría funcionado. Y mantenerte conmigo habría sido una pista de mi antigua identidad. Tuve que dejarte ir y asegurarme de que nadie fuera a por ti.

Que Dios me ayude, me cuesta mantener el escepticismo fuera de mi expresión.

—Te dejé dinero. Suficiente para convertirte en un hombre rico cuando salieras. —Su expresión se vuelve de decepción, como si yo fuera quien le falló. —Nunca lo usaste. Solo unos miles de dólares para llegar a América.

Me encojo de hombros.

—El resto sigue en un banco a tu nombre. Intacto.

No respondo.

Se levanta y comienza a pasearse, con las manos entrelazadas tras la espalda.

Me giro y compruebo quién está en el avión. Veo a los dos hombres en la parte trasera que me metieron en el avión. Un tercero, delgado, de aspecto más secretarial con bigote. Es el que trajo el agua.

La puerta de la cabina del piloto está cerrada.

Skal'pel' continúa con su monólogo. El hecho de que ahora sea mudo apenas supone una diferencia. El hombre siempre prefirió escucharse a sí mismo. No como Ravil, que escucha.

Pero es tan inteligente como Ravil. Elabora estrategias igual de bien. Lee y entiende a las personas como lo hace Ravil. Al menos, siempre sentí que me conocía mejor de lo que yo me conocía a mí mismo. Eso es lo que le convierte en un maestro manipulador.

—Te uniste a la bratva. Una elección sorprendente, aunque quizás no tanto, considerando los amigos que hiciste en prisión.

Me enferma lo de cerca que siguió mi vida después de mutilar mi cuerpo y arruinar mi vida. No sé qué había pensado que haría. No quería pensar en él. En lo que había sido de él. Dónde estaba o qué hacía.

Pero ciertamente nunca imaginé que me estaba rastreando y siguiendo. Mi vida.

Me revuelve el estómago.

O tal vez sean solo los efectos secundarios del tranquilizante.

—Me di cuenta de que mi regalo para ti no fue el consuelo que esperaba. No ansiabas dinero. Ansiabas un amo a quien servir. Y encontraste uno con tu nueva célula de la bratva. Ravil Baranov, contrabandista y magnate inmobiliario del centro de Chicago.

Ahora quiero matarlo.

Me cuesta no flexionar las manos contra las bridas. No me gusta que hable de Ravil. Y especialmente no me gusta su valoración sobre mí, por muy cierta que pueda ser.

Podría romperle el cuello. Aquí mismo, ahora mismo. Está a mi alcance. Pero podrían dispararme en la nuca antes de que terminase el trabajo. ¿Merecería la pena?

El mundo estaría a salvo de este maníaco.

Story estaría a salvo.

Oh, joder, *Story*.

Solo pensar en ella me provoca una oleada de dolor tan intensa que casi me ahoga.

La dejé. Mi dulce *lastochka*.

Probablemente, como el pago de Skal'pel' para mí, esa bolsa de dinero que le legué no será ningún tipo de consuelo por mi muerte. De todas formas, parece que no le importa mucho el dinero.

No pensé bien en esto. Simplemente seguí ciegamente el camino que Skal'pel' me trazó, igual que siempre he hecho. Pensé que lo hacía por Story. Sacrificándome, para que ella pudiera vivir. Siendo el hombre honorable y de confianza que siempre he considerado ser.

Pero esto no honra a Story. Y seguro que no me honra a mí mismo. Esta es la primera vez en mi vida que tengo algo por lo que realmente vale la pena vivir, ¿y decidí no luchar por ello? ¿Ni siquiera intentar encontrar otra solución diferente a la que Skal'pel' eligió para mí?

¿Realmente voy a dejar que siga escribiendo el guion de mi vida?

—No sé quién descubrió tu conexión conmigo, pero cuando vi que habían ofrecido una recompensa por tu captura, tuve que venir a por ti. —Ahora me dirige una mirada indulgente. Como si yo fuera el hijo descarriado al que acoge de nuevo en su redil, en lugar del psicópata que pensó que cortarme la lengua y meterme en prisión era la mejor manera de recompensarme por mi leal servicio.

—No podía dejar que te capturaran, aunque probablemente guardes poco conocimiento valioso en esa gloriosa y gran cabeza tuya. —Vuelve a sentarse y cruza un tobillo sobre la rodilla.

—Podría haber enviado simplemente a un ejecutor. —Se levanta de nuevo para alejarse de mí. —Habría sido más seguro para mí. Mucho más fácil. Definitivamente más simple. —Se gira y me mira. —Pero la verdad es que he echado de menos tus servicios, Oleg. —Lanza una mirada a los matones americanos. —Nadie se ocupa de los asuntos como solías hacerlo tú. Sin quejas ni interrupciones. Nunca hablaste mucho, incluso cuando tenías lengua.

Vuelve a acercarse.

—Así que vine yo mismo a por ti. Y tu obediente respuesta a mi mensaje me demostró que sigues siendo tan fiable como siempre. —Pasa por mi lado y coloca una mano en mi hombro de la manera en que solía mostrar su aprobación o afecto. Aprieta.

Un solo golpe con ambos puños lo dejaría inconsciente.

—Otra vez, no pude obligarme a matarte. Preferiría tenerte de nuevo a mi lado, donde perteneces. Sirviendo a tu antiguo amo. —Ahora está detrás de mí, donde no puedo verlo.

Donde él no puede ver mi cara.

Hago algunos micromovimientos de reconocimiento. No

tengo los tobillos atados. No estoy amarrado a este asiento. Y es entonces cuando recuerdo: no se puede disparar un arma en un avión.

Esos matones también lo sabrían.

—¿Te gustaría servirme de nuevo, Oleg?

Espero a que camine hasta ponerse frente a mí. Sostiene una jeringuilla. ¿Una dosis letal de veneno si respondo incorrectamente? No importa. La gente siempre subestima la velocidad con la que puedo moverme para mi tamaño. Me lanzo de mi silla y le retuerzo la cabeza sobre su cuello, rompiéndoselo. Le quito la jeringuilla de la mano mientras cae.

Mis movimientos son más lentos de lo que quisiera; los efectos posteriores de la droga aún me pesan, pero tengo demasiada práctica en despejar habitaciones para que eso me detenga.

Los matones de atrás vienen por mí, con las armas desenfundadas. No las dispararán, a menos que quieran que todos muramos.

Clavo la jeringuilla en el cuello del primer tipo y esquivo un golpe del segundo, impactando en su vientre con mi codo. Le golpeo de nuevo con un torpe movimiento lateral de ambos brazos, pero pongo suficiente fuerza detrás para levantarlo del suelo y dejarlo sin aliento.

Un golpe en la cara, y cae. El hombre del bigote recoge un arma de uno de los hombres caídos y me apunta con ella, con su mano temblando.

Niego con la cabeza.

—No te muevas o dispararé.

Me arriesgo. Doy dos largos pasos para alcanzarlo, le arrebato el arma de la mano y le golpeo en la sien con ella. Cae al suelo.

Registro los bolsillos de los matones y encuentro las

bridas, luego las ajusto alrededor de las muñecas de los tres tipos que aún respiran. Matarlos podría ser más limpio, pero puedo tomar esa decisión más tarde.

Ahora tengo que hacer que este avión dé la vuelta.

CAPÍTULO 14

*S*tory

No sé cuántas horas pasan antes de que Ravil reciba un mensaje de un número desconocido, pero llega. Se produce una frenética agitación de actividad.

Oleg está vivo. En un avión de vuelta a Chicago.

Derramo más lágrimas, esta vez de alivio. Y luego hay más espera.

Mientras espero, mi dolor se transforma en ansiedad. Una ansiedad corrosiva y punzante. El tipo que me ha atormentado toda mi vida. Lo considero mi instinto diciéndome cuando algo no va bien.

Cuando es momento de huir.

Cuanto más se alargan los minutos hasta que Oleg regrese, más fuerte se vuelve esa sensación.

Me meten en la parte trasera del Denali de Oleg con Nikolai y Dima delante, y nos marchamos, junto con otros dos vehículos, hacia alguna pista de aterrizaje privada de la que nunca he oído hablar.

Está nevando. Copos gruesos y húmedos que golpean el

parabrisas y se derriten en el momento en que lo tocan. Nikolai conduce. Dima trae un portátil y busca cosas mientras conducimos, haciendo breves comentarios a su hermano en ruso, y luego haciendo una pausa para lanzarme una sonrisa de disculpa por encima del hombro.

El zumbido nervioso se intensifica, así que no puedo pensar en nada. No recuerdo si he comido algo hoy. Creo que no. Tengo los labios secos, la garganta reseca.

Vagamente, me doy cuenta de que tengo que actuar esta noche en Rue's. Parece que la actuación de anoche fue hace toda una vida.

Cuando llegamos, Nikolai se da la vuelta y dice:

—Voy a necesitar que esperes en el Denali, ¿de acuerdo? Por favor, no salgas, o serás cómplice de cualquier cosa que veas ahí fuera. ¿Entiendes?

Creo que asiento. No estoy segura. Mi cerebro apenas funciona.

Y entonces me quedo sola en el vehículo. Debería estar emocionada. Voy a ver a Oleg. Pensaba que estaba muerto, pero está volviendo a mí.

Excepto que está claro que no hay vuelta "atrás".

Nunca volveré a sentirme como anoche.

Ese momento ha pasado, y estamos en uno nuevo. Y en este, ni siquiera quiero estar aquí.

Sentada en los asientos con calefacción, viendo caer la aguanieve, siento como si estuviera esperando a que ocurra algo terrible.

Pero, ¿qué?

¿Es Oleg volviendo?

No.

Soy yo rompiendo con él.

Esa es la ansiedad corrosiva. Sé que esto no está bien. No puedo hacer esto con él.

~

Oleg

Aterrizamos en la misma pista de la que despegamos. Pude comunicar mis deseos al piloto, que piensa que voy a matarlo.

Es un hablador. Me siento en el asiento del copiloto durante todo el viaje, y él es un constante flujo de monólogo, con sudor nervioso goteando de su frente.

Dejé el teléfono en altavoz para que Maxim pudiera escuchar todo, ya que tendrá que arreglar esto.

El piloto ya nos dijo que no conocía muy bien a Skal'pel', pero que lo trajo volando desde Florida, y que allí tenía órdenes de volver. Tenía suficiente combustible para dar la vuelta al avión y recibió autorización para aterrizar de nuevo en Chicago.

Dice que no quiere saber qué pasó en la cabina del avión y, por lo que a él respecta, no es asunto suyo. Luego habló mucho sobre su esposa y sus dos hijos pequeños. Cómo le esperan en casa esta tarde, y él es su único sustento.

Después de que aterriza el avión, Maxim lo deja libre.

—Esto es lo que va a pasar —le dice—. Te vas a quedar en esa cabina hasta que hayamos solucionado lo que ocurrió atrás. Luego te avisaré de que es hora de salir, te pagaremos por tu tiempo, y podrás volver a casa con Sarah Jean y tus dulces hijos, Thomas y Flora, en Andaluz Lane.

El piloto respira bruscamente al oír que Maxim ya conoce los detalles de su familia.

—Pilotaste este avión para el Dr. Armor, ¿así dijiste que se llamaba?

—Sí, D-Dr. Armor —tartamudea el piloto.

—El Dr. Armor cambió de opinión sobre regresar a los Cayos de Florida y te pidió que dieras la vuelta al avión.

Cuando llegasteis aquí, se bajó y te dijo que se quedaría un tiempo y que no necesitaría tus servicios. Te pidió que tomaras un vuelo comercial de regreso a casa. Eso fue lo último que supiste de él. ¿Entiendes?

—Entendido —dice el piloto rápidamente—. Absolutamente.

—Nunca viste a nadie más en el avión.

—Nunca.

—Bien, quédate donde estás. Si te mueves antes de que venga a por ti, nuestro acuerdo tendrá que ser replanteado. ¿Está claro?

—Clarísimo.

El piloto me lanza una mirada rápida y asustada.

—Oleg, estamos fuera. Déjanos entrar.

Voy a la cabina para abrir las puertas, y mis hermanos entran. Maxim hace un rápido reconocimiento del lugar, evaluando, y luego da órdenes. Pavel y Adrian sacan el cuerpo de Skal'pel'. Maxim y Ravil interrogan a los dos matones que están conscientes. Como el piloto, afirman saber muy poco sobre el Dr. Armor o su negocio, aparte de ser sus guardaespaldas personales.

—Story está esperando en tu Denali —dice Nikolai, entregándome las llaves.

—Ve —dice Ravil—. Nosotros nos ocuparemos de esto.

No soy un tipo demostrativo. No intento comunicarme a menudo. Pero me detengo y estrecho la mano de cada uno de mis hermanos, mirándolos a los ojos para mostrarles cuánto significa para mí que me respalden.

Ellos son mi familia. Me mantuve alejado de ellos estos dos últimos años por las heridas infligidas por Skal'pel'. Las emocionales, no las físicas. Pero he terminado con eso. No volveré a dar mi lealtad donde no es merecida. Mi futuro está con Story, y mi familia está aquí conmigo ahora.

—*Mudak* —murmura Dima cuando estrecho su mano—.

Story estaba fuera de sí por el dolor. Puede que a ti no te importe tu vida, pero al resto de nosotros sí.

Rodeo mi pecho con el puño en el signo que aprendí para *lo siento*.

—Sí, será mejor que vayas a decirle eso a tu chica. —Inclina la cabeza en dirección a la pista.

Bajo las escaleras y corro hacia el vehículo. Story se ve pequeña y perdida en el asiento trasero.

Solitaria.

Abro la puerta de golpe y la recojo. Ella se aferra como un koala, envolviendo sus piernas alrededor de mi cintura, sus brazos alrededor de mi cuello. Hace un sonido roto como un gemido, pero no habla.

Story, mi preciosa lastochka.

Sigue sin decir nada y no afloja su agarre en mi cuello, así que no puedo ver su cara. Solo la sostengo, respirando su dulce aroma, besando su cuello. Aun así, no dice nada. Nos estamos empapando con la aguanieve, así que camino para sentarla en el asiento delantero, del lado del copiloto donde puedo ver su rostro.

Hay tanto dolor en su mirada. Casi como si le doliera mirarme.

Es como un tajo en mi pecho. Yo puse ese dolor ahí. La lastimé, a la única persona que estaba intentando proteger.

¿Cómo pude hacer esto?

Gesticulo *lo siento* con las manos, pero ella aparta la mirada, parpadeando para contener las lágrimas.

Acuno su rostro y junto mi frente con la suya. Ella no se mueve. Vuelvo a intentar el gesto.

Traga saliva.

—Me alegro de que estés vivo. —Su voz suena ahogada.

Lo siento, vuelvo a gesticular. Es lo único que realmente sé decir. Veo que Dima dejó mi iPad en el asiento del conductor para mí, pero no lo cojo. Incluso si pudiera hablar, no tendría las palabras. Ni siquiera sé cómo arreglármelas cuando la propia Story se ha cerrado.

Supongo que estoy probando mi propia medicina, y es jodidamente amarga.

Story mete las piernas en el vehículo y me aparta.

—Te estás mojando —dice.

Joder.

Cierro la puerta, camino hacia el lado del conductor y entro, recogiendo el iPad para al menos intentarlo. *Dima me llamó imbécil por lo que hice. Siento haber causado tanto dolor.*

Story niega con la cabeza.

—No fuiste un imbécil. —Su voz suena tan jodidamente pesada. Exhausta. Extiende la mano y aprieta mi antebrazo. —Estabas siendo tú. Intentando protegerme y hacerlo todo por tu cuenta sin pedir ayuda a nadie más.

Sus palabras dan en el clavo.

Asiento. *Da.* Tiene razón. Podría haberlo hecho de forma muy diferente. Podría haber acudido a Ravil, y él y Maxim habrían encontrado una mejor opción. Pero en su lugar, caí directamente en el maldito plan de Skal'pel. Abandonando a Story y a mis hermanos en mi esfuerzo por protegerlos.

—Oleg... ¿fuiste con él para morir?

Contengo la respiración y asiento.

Ella se desploma y desvía la mirada de mí, hacia la ventana.

Joder, la estoy perdiendo. Frenético, escribo en el iPad. *Fui para morir, pero tan pronto como llegué, me di cuenta de que había tomado la decisión equivocada. No era correcto sacrificarme y rendirme, era el momento de luchar.*

Por ti.

Me lanza una mirada inquisitiva y luego mira al frente, hacia el avión en la pista.

—Tengo que tocar en el Rue's esta noche.

Gospodi. Lo olvidé. Es sábado por la noche.

Arranco el Denali y lo pongo en marcha, dando la vuelta. No sé dónde coño estamos, así que activo la función de mapa en mi móvil para regresar, mirando el reloj. Tiempo suficiente para llegar a casa y coger la guitarra de Story del Kremlin antes de ir allí.

Señalo a Story y hago el gesto de *hambre*, levantando las cejas, tal como aprendimos.

—¿Si tengo hambre? Sí, de hecho, podría comer. ¿Y tú?

Asiento. Paramos en el primer autoservicio que vemos, un Wendy's. Uso el iPad para pedir, lo que hace reír a Story, aligerando un poco el ambiente.

Comemos mientras conduzco, y entonces ella me suelta la bomba.

—Oleg, no puedo irme a vivir contigo.

De alguna manera consigo que el Denali no se estrelle contra el tipo que tengo delante.

Ella no continúa, lo que lo hace un millón de veces peor.

Hago el signo de *¿por qué?* pulsando mi dedo medio junto a mi frente, con las cejas hacia abajo.

—Pensé que podría hacer esto. Me importas. De verdad. Pero ya tengo demasiado drama en mi vida. Y tu vida es realmente intensa. Quiero decir, estás en la *mafiya* rusa, te disparan, a mí me disparan, y luego pensé que ibas a morir, y es simplemente demasiado.

Quiero discutir con ella. Alcanzo el iPad, pero me doy cuenta de que no puedo escribir y conducir al mismo tiempo.

Joder.

En su lugar, tomo su mano y niego con la cabeza.

Ella se aparta, destrozándome.

—*No puedo*. Necesito que aceptes esto. Por favor, no hagas esto más difícil de lo que ya es.

Blyad! Agarro el volante con fuerza. Una parte de mí se niega a creerlo. Quiero luchar por ella. Pero acaba de pedirme que no lo haga, y tampoco soy el tipo que no entiende que *no* significa *no*.

Story me quiere fuera de su vida.

La ironía es demasiado espesa para tragarla. Elegí vivir y luchar por ella, y la perdí de todos modos.

Casi preferiría estar muerto.

CAPÍTULO 15

S *tory*

Le pedí a Oleg que me dejara en el local de Rue. Le dije que no entrara.

Respetó mi petición.

Temía que no lo hiciera. Es decir, sé que es un tipo terco. Dogmático en su devoción hacia mí.

De alguna manera logré pasar la noche. En realidad, creo que nadie notó que me pasaba algo, lo que lo hizo todo aún peor.

Porque esa ansiedad que se estaba gestando, esa sensación de que todo estaba mal, no desapareció cuando rompí con Oleg.

De hecho, empeoró.

Ahora, mientras espero fuera del local de Rue para coger un Uber a casa, prácticamente quiero salir huyendo de mi propia piel. El zumbido en mis oídos no es solo por los amplificadores. Es ruido. Ruido que hace imposible pensar en el más mínimo problema, como abrir la aplicación y comprobar mi viaje.

Un familiar Denali blanco se detiene frente a mí.

Oleg.

Las lágrimas brotan instantáneamente de mis ojos. Por supuesto que sigue aquí. Probablemente se quedó en el aparcamiento durante todo el concierto, esperando para asegurarse de que yo llegara a casa sana y salva.

Abro la puerta.

—¡No puedes estar aquí! —Las lágrimas obstruyen mi garganta.

—Déjame llevarte a casa —dice la voz con acento australiano desde el iPad.

Mis hombros se hunden.

—He llamado a un Uber. —Ya sé que voy a subirme al Denali.

Oleg es mi transporte, aunque no quiera que lo sea.

Se pasa una mano abierta por la cabeza. *Por favor.*

Parpadeo para contener las lágrimas.

—Vale. —Me subo. —Pero esto es todo. Esta es nuestra despedida. Por favor, no vuelvas por aquí.

Asiente en señal de acuerdo.

Pero cuando llegamos a mi casa, aparca y abre su puerta.

Quiero protestar, pero no lo hago. Quizás una parte de mí también quiere prolongar nuestra despedida. Carga con mi guitarra y me acompaña hasta la puerta, tomando mis llaves para abrir la puerta principal y siguiéndome escaleras arriba.

Desbloquea la puerta de mi apartamento y la empuja para abrirla.

Y entonces se lanza sobre mí. Su brazo me rodea la espalda, sus labios descienden sobre los míos con una fuerza abrumadora.

Me rindo. Completamente.

Soy la chica que vive el momento, y este es nuestro momento.

Le entrego mi lengua, enlazo mis brazos detrás de su cuello, poniéndome de puntillas para alcanzarlo. Me agarra el trasero, tirando de mi cuerpo contra el suyo mientras reclama mi boca.

Me empuja contra el brazo del sofá y levanta mi pierna por detrás de la rodilla para abrirme para él.

—Oleg.

Cubre mi monte con firmeza, el calor de sus dedos traspasa mis bragas. Desliza los dedos bajo la tela, frotando mi entrada mientras nuestros labios se enredan. Chupa mi labio inferior e introduce un dedo dentro de mí.

Alcanzo sus vaqueros, abriéndolos, desesperada por tenerlo dentro. Arrastra su boca por mi cuello y me muerde mientras saco su polla y la posiciono en mi entrada.

Me tambaleo hacia atrás, con las caderas equilibradas en el brazo acolchado del sofá, pero él pasa un fuerte brazo por detrás de mi espalda para mantenerme en su sitio, al mismo tiempo que tira de mis caderas hacia las suyas.

Apartando la entrepierna de mis bragas a un lado, entra en mí, y nos movemos juntos desde el primer momento en que está dentro.

Follamos como si nuestras vidas dependieran de ello.

Somos los últimos humanos en la Tierra. Es la última oportunidad que tendremos para el sexo. Tenemos que hacerlo valer por toda la humanidad.

Me folla duro, empujando hacia dentro y hacia arriba. Cada embestida se siente necesaria. Satisfactoria. Afirmando la vida.

Me aferro a él, una mano alrededor de su cuello para mantenerme suspendida, mis rodillas abiertas para su saqueo. Me encanta su pasión salvaje. La forma en que, una vez que empieza, es como si no pudiera contenerse conmigo. Como si hacer que me corra fuera la única búsqueda de su vida.

El tiempo se detiene. El placer resplandece a nuestro alrededor, creciendo, doliendo. Elevándose.

Ni siquiera me doy cuenta de que las lágrimas se escapan de mis ojos. No estoy triste. Es simplemente necesario. La intensidad se encuentra con la llama ardiente en mi alma. Mi razón de vivir.

Estoy inusualmente callada. Aparte de esa única mención de su nombre cuando comenzamos, no suplico, no gimo, no grito. Es como si esta fuera una ocasión demasiado seria para la habitual charla apasionada. Demasiado significativa. El pesado jadeo de nuestras respiraciones es la única música con la que bailamos.

No hay duda de que llegaremos al clímax como uno solo. Siento la oleada de su orgasmo, y el mío se eleva para encontrarse con él. Es el primero en hacer un sonido. Una vocalización urgente. Devuelvo la llamada.

Y entonces ambos nos corremos. Él se arquea profundamente y se queda ahí, descargando su semen. Chupo su cuello, mis músculos internos contrayéndose alrededor de su polla, ordeñándola por más. Continúa y continúa. Una culminación, no solo del sexo, sino de nosotros. De nuestra relación.

Una última vez memorable juntos para recordarnos el uno al otro.

Oleg sale de mí con cuidado y me ayuda a ponerme de pie. Una oscura preocupación se arremolina en sus ojos marrones.

Pongo mi mano en su rostro, memorizando sus rasgos queridos.

—Te quiero. —Vale la pena decirlo, aunque estemos rompiendo. Y lo digo como un final. Un *Amén* al espacio sagrado que nos dimos el uno al otro.

Oleg parece entender que todavía estamos rompiendo porque las palabras hacen que su frente se arrugue como si estuviera sufriendo.

Mi ansiedad vuelve a acelerarse, comenzando a consumir las endorfinas liberadas por el increíble sexo.

Necesito terminar con esto. Tal vez por eso sigo ansiosa. Porque él sigue aquí. Esto sigue en marcha.

—Adiós, Oleg —digo firmemente.

Se estremece, visiblemente destrozado por mis palabras.

Me siento igual de destrozada. No entiendo por qué la ansiedad no mejora.

Acuna la parte posterior de mi cabeza y presiona sus labios contra los míos. Esta vez el beso no es brutal, es suave y dulce.

Luego se da la vuelta y se marcha sin volver a mirarme.

Pensé que había llorado todas mis lágrimas antes, cuando creía que Oleg estaba muerto, pero parece que todavía tengo un océano por llorar. Tenía intención de ir a la ducha y meterme en la cama, pero en su lugar me encuentro de rodillas, sacudida por los sollozos.

OLEG

No me levanto de la cama salvo para comer un poco al día siguiente. Ni al otro día.

Ni siquiera al tercer día.

No puedo enfrentarme a lo que he perdido. Tuve a Story. Fue mía durante dos breves semanas. Me dejó abrazarla. Hacerle el amor. Traerla a casa.

Iba a mudarse conmigo. Por primera vez en años, tenía una razón para levantarme por la mañana. Las cosas parecían posibles de nuevo. Estaba dispuesto a esforzarme. A empezar a interactuar con mi entorno. A unirme a los vivos.

Había tanta ligereza a mi alrededor. No odiaba a mi cuerpo por traicionarme. Encontré nuevas formas de comunicarme. Pero lo más importante, pude estar cerca de Story.

Mi obsesión. La tenía solo para mí: todos sus minutos. Todas sus horas. Cantaba y tocaba la guitarra en mi cama. Se duchaba en mi baño. Me dejaba amarla.

Me amaba también.

Así lo dijo.

Pero no nos eligió. No me eligió a mí. Le causé demasiado estrés y decidió apartarse. No puedo culparla. Ni por un segundo. Quiero golpearme la cara por haberle hecho daño. Por hacerla llorar. Por causarle más trauma.

El miércoles por la mañana, Nikolai y Dima entran en mi habitación sin llamar. Estoy tumbado boca arriba en el centro de la cama.

—¿Qué coño ha pasado? —exige Nikolai.

Lo ignoro, mirando al techo.

—Este sitio apesta. Tienes que levantarte y ducharte, *mudak*. Y salir a comer algo.

Sigo ignorándolo.

—Supongo que Story ha roto contigo, ¿no?

Me incorporo, con los puños cerrados. De repente me invade el impulso de golpear a mis hermanos, algo que nunca he hecho.

Nikolai y Dima parecen darse cuenta porque retroceden al unísono.

—Lo siento —Nikolai levanta las manos. Ambos saben que mis puños son tan letales como cualquier arma.

—No quiero joderte, Oleg —dice Nikolai—. Solo queremos hablar de esto. Ver si podemos ayudar.

Niego con la cabeza. No hay ayuda. No para Story y yo.

A pesar de mi rechazo a su oferta de ayuda, ambos se sientan a los pies de la cama.

Ahora realmente quiero matarlos.

—¿Qué la asustó? —pregunta Dima—. ¿El peligro?

Lo fulmino con la mirada. Él me lanza el iPad.

Gruño, pero de repente la necesidad de hablar de Story se

convierte en una nueva adicción. Como si hablar de ella fuera a traerla de vuelta.

El drama, tecleo.

Nikolai ladea la cabeza.

—Mmm. —Suena dudoso, como si cuestionara mi respuesta.

—Por supuesto que tú la conoces mucho mejor que yo, pero no estoy seguro de que eso encaje. Quiero decir, si no pudiera soportar el drama, habría llamado a la policía en el momento en que te encontró herido de bala en la parte trasera de su furgoneta, ¿no?

—*Da*. Para mí, casi parece lo contrario —coincide Dima—. ¿Qué le dijo a Sasha? Que tiene una alta tolerancia al caos. Ni siquiera se asustó cuando le dispararon en el tejado. Quiero decir, la chica realmente sabe *adaptarse* a las situaciones. —Lo dice con aprecio, y en parte me complace y en parte me enfurece su admiración.

El pánico comienza a estremecerme en lo más profundo del estómago. Ni siquiera entiendo por qué me dejó. ¿Fue realmente *a mí* a quien no podía soportar?

Nikolai parece adivinar mi temor porque dice:

—No hay duda de que te quiere. No he visto a nadie tan destrozado como ella cuando pensó que te habías muerto

—Quizá Maxim cuando pensó que Sasha estaba muerta —contrarresta Dima—, pero sí. Estaba hecha un desastre.

Hecha un desastre.

—Para mí, parece más bien que se trataba de que tú te fuiste. Absorbió toda la mierda loca que pasó sin quejarse mucho —dice Nikolai.

Que yo me fui. Eso resuena en alguna parte.

Story me había dicho que no podía confiar en las personas de su vida. Que había recibido mucho amor de su familia, pero ninguna estabilidad.

Debe ser por eso que dijo que siempre abandonaba las

relaciones. Quizá es del tipo que se va antes de acercarse demasiado. Antes de que pueda ser abandonada o decepcionada de nuevo.

Le gustaba que yo fuera constante. Que apareciera semana tras semana. Que pudiera contar conmigo.

Al irme, hice lo único que ella temía. Demostré ser poco fiable. Tan capaz de herirla como las otras personas más cercanas a ella.

Traicioné a Story. La abandoné.

Joder.

No solo toqué su herida, la apuñalé. Después de que me hubiera dicho lo aterrador que era confiar en alguien.

Gospodi.

Pensé que me había convertido en Skal'pel' por ella y le había dejado dinero para un nuevo comienzo, pero ¿era un regalo que mereciera la pena recibir? ¿Una bolsa de dinero y otro abandono?

No era ningún regalo. Story es del tipo que preferiría arriesgar su propia vida y quedarse a mi lado. Ya me lo había demostrado. Y yo hice que su sacrificio no significara nada.

—¿Qué? —exige Nikolai.

Tecleo: *La abandoné cuando necesitaba que fuera su roca.*

—Jooooder —dice Dima después de leerlo.

—Entonces tienes que demostrarle que sigues siendo su roca —aconseja Nikolai.

Extiendo las manos para preguntar *¿cómo?*

—Díselo. Sigue yendo a su espectáculo. No sería demasiado intenso con ella, no quieres faltar el respeto a sus deseos, pero demuéstrale que no te vas a ninguna parte. Nunca más. Y comunícate. En serio, me siento fatal porque no llegamos a conocerte hasta que Story se muda. No sé por qué no intentamos más para sacarte de tu caparazón. Quiero decir, joder. Podríamos haber aprendido lenguaje de signos hace mucho tiempo.

—Definitivamente —concuerda Dima—. Diablos, quizás incluso podríamos conseguirte un logopeda. He estado investigando y parece que podrían enseñarte nuevas formas de hablar.

Quiero llorar de gratitud por el destello de esperanza que los gemelos han encendido, no sobre hablar, sino sobre recuperar a Story. Me pongo de pie, y cuando los gemelos también se levantan, les estrecho la mano y les doy un abrazo de hombres, dándoles palmadas en la espalda a cada uno.

—Oh. Vale. Vaya. Debes sentirte mejor —dice Dima, riéndose—. ¿Cómo puedo ayudar?

Niego con la cabeza. Ya sé lo que voy a hacer. Y va a funcionar. Puede que sea un juego largo, pero estoy dispuesto a jugarlo.

Lo jugaré hasta el día en que muera, si es necesario.

Soy la roca de Story, y ella lo va a saber, creer y sentir hasta en los huesos.

La amo, y nunca volveré a abandonarla.

CAPÍTULO 16

Story

—¿Story? Hola, soy mamá.

Todas las alarmas saltan a la vez al escuchar la voz de mi madre. Irradia la pesadez de la depresión.

—Mamá, ¿estás bien?

—Eh... he estado mejor. Sam y yo hemos roto.

Las lágrimas atraviesan mis ojos, no por mi madre, sino por mi propia autocompasión que se pone en marcha. En plan, ¿en serio? ¿Tengo que lidiar con la ruptura de mi madre justo ahora cuando ni siquiera he gestionado la mía?

—¿Puedes venir? No quiero estar sola.

Parpadeando para contener las lágrimas, me meto los pies en las botas y cojo las llaves.

—Vale, mamá. Voy ahora mismo. ¿Estás en casa?

—Mmm... sí. Estoy en casa. —Suena perdida.

Tengo que respirar profundamente para calmar el miedo que acompaña todos los episodios de mi madre. El hecho de que me haya llamado es bueno. Conseguirle ayuda temprano evita las bajadas realmente dañinas.

—Voy para allá.

—Gracias, cariño —dice mi madre, sonando como si estuviera perdida en un sueño. Conozco esa sensación.

Me meto en el coche y me dirijo a su casa, con la insensibilidad apoderándose de la ansiedad.

He estado ansiosa desde que Oleg se fue de mi casa el sábado por la noche. De hecho, cada día que ha pasado, la ansiedad se ha hecho más y más fuerte.

No tiene sentido. Normalmente, cuando tengo esa sensación de ansiedad, corto lazos con quien sea que me esté acercando demasiado, y la sensación desaparece inmediatamente. Lo considero mi instinto para saber cuándo es el momento de seguir adelante. Mi brújula para las relaciones.

La tuve con Oleg. La tuve muy fuerte el sábado.

Sin embargo, romper no alivió la sensación de temor en la boca del estómago.

Y ahora tengo esta mierda con mi madre. Como si el Universo hubiera decidido que no tenía suficiente drama en mi vida con todo lo de Oleg sacrificándose ante un médico malvado y casi muriendo y luego nuestra ruptura.

Enciendo el teléfono para llamar a Dahlia, mi hermana pequeña, para informarle de lo que está pasando con mamá.

—¡Hola, hermana! ¿Qué pasa? —responde alegremente.

—Eh. —Es todo lo que puedo decir. De repente siento que no puedo hacer esto.

—¿Qué ocurre, Story? ¿Es mamá?

Sorbo por la nariz.

—Sí. Más o menos.

No sé por qué dije *más o menos*. No estaba llamando para hablar de mis problemas.

—¿Está bien? —Oigo la alarma en la voz de Dahlia, lo que entiendo. Todos tememos esa llamada. En la que nos enteramos de que mamá tiene tendencias suicidas.

—Sí, eso creo. Sonaba deprimida, así que voy hacia allí. Me aseguraré de que tenga una cita con su terapeuta.

—Bien. Me alegra que reconozca cuando necesita ayuda —dice Dahlia.

—Lo sé. —Me vuelvo a emocionar.

—¿Estás bien? ¿Necesitas que vuelva a casa?

—No, no. Estoy bien. Solo que, mmm, yo también lo estoy pasando mal ahora mismo.

—¡Oh, no! ¿Qué está pasando?

Las lágrimas empiezan a correr por mi cara. Quito una mano del volante para limpiarlas con los dedos.

—¿Recuerdas a ese chico del que te hablé?

—¡Dios mío, sí! ¿Qué está pasando?

—Dahlia, creo que podría estar jodida.

—¿A qué te refieres?

—No lo sé. Como que estoy rota. Quizás heredé el gen de las relaciones de mamá.

—Definitivamente no —dice mi hermana con firmeza—. ¿Qué está pasando? Te gustaba mucho este chico, ¿verdad?

—Sí —gimo—. Pero luego tuve esa sensación de ansiedad que siempre tengo. Ya sabes, la señal. Es cuando sé que las cosas no van a funcionar y debería salir. Pero rompí con él y la agitación solo está creciendo.

—Vale, espera un momento. ¿Así que crees que es una señal cuando te pones ansiosa en una relación, y significa que debes romperla?

—Sí. Como si fuera mi instinto diciéndome que las cosas no van a funcionar, y debería parar antes de que todo se vuelva demasiado profundo.

—Espera, espera, espera. ¿Es por eso que nunca sales con nadie más de un par de meses?

—Sí, pero el caso es que esta vez no funcionó. Sigo ansiosa. Y ahora estoy totalmente confundida.

—Story, ¿alguna vez te has parado a pensar que la ansiedad no es instinto, sino miedo?

Eso cae como un misil entre mis ojos.

Ni siquiera puedo responder.

—¿Y si la ansiedad es porque tienes miedo de acercarte demasiado a alguien, no una intuición de que no va a funcionar?

Vaya. Mis lágrimas dejan de caer. Eso parece *correcto*.

Como si pudiera ser verdad.

—Así que alejaste a este chico, y ahora estás asustada porque crees que lo has perdido.

—No lo sé...

—Quizás sí lo sabes.

Me río a pesar de mí misma.

—Te crees muy sabia solo porque eres la única en la familia que ha mantenido una relación más de tres años.

—Bueno, mamá y papá lo hicieron. Pero lo hicieron tan mal que hicieron que todos los demás pensáramos que las relaciones son imposibles.

—Tú no.

—Eso es porque tenía a Joe.

—Sí. Joe es el mejor. —Estoy de acuerdo, con mi corazón de repente doliendo de anhelo por Oleg.

Oleg es cien veces mejor que Joe, en mi opinión. Oleg es el hombre perfecto.

¿Y si estoy ansiosa porque lo perdí, no porque debía dejarlo?

¿Y si él es mi Joe? El único.

¿Mi para siempre?

Aparco frente al apartamento de mi madre. Ella está esperando en la entrada, a pesar del frío.

—Hola, mamá. —La abrazo.

—Le eché —dice, rompiendo a llorar—. Y ahora creo que quiero que vuelva.

Lloro con ella.

—Yo hice lo mismo, mamá. Y creo que fue un error.

*O*LEG

El sábado por la noche, me ducho y me pongo una camisa limpia y unos vaqueros. Me afeito la cara y uso algo de la loción para después del afeitado de Maxim, y luego conduzco hasta el local de Rue.

El miércoles envié por correo una carta escrita a mano a Story. Me llevó una eternidad porque primero escribí en el iPad para asegurarme de que el inglés estaba bien escrito, pero quería que fuera manuscrita, no impresa o enviada por correo electrónico. Decía:

Story,

Mi hermosa lastochka.

Te fallé. Pensé que hacía lo correcto al marcharme por tu seguridad, pero ahora me doy cuenta de que nunca quisiste estar segura. Querías poder depender de mí. Y al abandonarte, demostré ser poco fiable.

Quiero que sepas que respeto tu deseo de terminar nuestra relación, pero tú eres el propósito de mi vida.

Ser tu roca.

Mantenerte a salvo.

Verte actuar.

Estas son las cosas por las que vivo y respiro.

Así que no voy a dejar de ir a tus conciertos. No dejaré de asegurarme de que llegues a casa sana y salva. Estaré ahí para ti de cualquier forma que quieras. Para atraparte cuando te lances del escenario, para cargar tu equipo o simplemente para sentarme en un rincón sin volver a hacer contacto.

Pero puedes depender de mí.

La cagué, pero no volveré a hacerlo. Nunca más.

Soy tu roca. Puedes confiar en mí.
Lo prometo.
Ya lyublyu tebya. *Te amo.*
Oleg

NO ME LLAMÓ ni me envió un mensaje después de recibirla. Joder, ni siquiera sé si la leyó. Quizás simplemente tiró la carta a la basura. No porque me desprecie, no creo que sea el caso. Sino porque era demasiado doloroso para ella.

Está intentando hacer un corte limpio.

Ese es el mayor peso que carga sobre mi cabeza mientras aparco en el estacionamiento detrás del Rue's Lounge. No llegué lo suficientemente temprano para conseguir mi mesa porque no quería hacer enfadar a Story. No quería ponerla nerviosa antes de su actuación ni hacerle pensar que tenía que hablar conmigo.

Me deslizo dentro ahora, después de que haya comenzado su primera parte. El lugar está a tope. Los Storytellers están tocando la canción de Jane's Addiction, "Jane Says". El cabello de Story ha vuelto a ser rubio platino, y lleva un tono oscuro de pintalabios que hace que sus ojos resalten.

Me deslizo y me quedo de pie contra la pared trasera. Espero que cuando me vea, no me pida que me vaya. Rezo para que haya leído la carta y entienda que tengo que estar aquí. Tengo que demostrarle que soy el hombre que ella creía que era.

Annie, una de las camareras, me trae una cerveza sin que se lo pida.

Story comienza una de sus canciones originales y luego otra. Su actuación es impecable, y aun así veo el desgaste de la semana en ella. No sonríe ni se mueve tanto. Solo es suave y profesional.

Entonces me ve. Su mirada se posa en mí y se mantiene, pero no vacila al cantar las palabras o al rasguear sus acordes.

Me esperaba.

Así que leyó mi carta.

Termina su canción y recorre el frente del escenario.

—Ey. He estado trabajando en una nueva canción, ¿queréis escucharla?

Aplaudo mientras la multitud vitorea.

—Es sobre este chico. Probablemente lo conozcáis. Normalmente se sienta justo ahí. —Señala mi mesa donde hoy están sentados otros capullos.

Me quedo inmóvil.

—Lo dejé entrar en mi vida recientemente, y fue bueno. Realmente bueno. Pero a veces huimos de cosas que son buenas en nuestra vida. Porque tenerlas nos daría algo que valdría la pena perder, ¿sabéis?

Me lanza una mirada de dolor, y la gente se gira para ver a quién está mirando.

Ahí está. Ese es el tipo a quien ella se sube, oigo decir a los habituales.

—Pero los verdaderos héroes son los que siguen apareciendo. Incluso cuando los alejas. Y eso es lo que Oleg hace por mí. Es tan sólido como se puede ser. Y esta canción es para él.

Story coloca el micrófono en el pie y se posiciona frente a él, con las piernas separadas.

Te conozco en la distancia / No he tenido un sabor.

No quería dejarte / porque solo me gusta la persecución.

Tú estás en mi esfera / Yo estoy en tu oído

Luego me llevas a casa, pero no entras.

No sé, no sé, no sé lo que estoy haciendo,

Pero cuando estoy contigo / cuando estoy contigo-o.

No necesito nada. No necesito nada en absoluto.

Estoy contra la pared / tus manos se enredan en mi ropa

Estoy besando, estoy mordiendo, estoy agitada hasta los dedos de los pies

Cuando apareces, apareces con fuerza.

No sé, no sé, no sé lo que estoy haciendo,

Pero cuando estoy contigo / cuando estoy contigo-o.

No necesito nada. No necesito nada en absoluto.

Incendia la casa, quémala hasta los cimientos.

Las ciudades caen, escombros por todas partes

Cuando apareces, apareces con fuerza

No sé, no sé, no sé lo que estoy haciendo,

pero estoy contigo / cuando estoy contigo-o,

No necesito nada en absoluto.

Y no sé, no sé, no sé lo que estamos haciendo.

Pero no necesito nada. No necesito nada, solo a ti.

No sé cuándo me moví, pero cuando la canción termina estoy de pie frente al escenario mirando a mi pequeña gorriona, atraído como un imán por su presencia. Story se quita la correa de la guitarra de la cabeza.

—No necesito nada, solo a ti —canta la última parte a capela. Y luego se deja caer desde el frente del escenario a mis brazos en un transporte de recién casados.

La multitud vitorea como loca.

Flynn se apresura a encender su micrófono mientras camino con Story hacia la parte trasera de la sala.

—Esa fue Story Taylor. Soy Flynn, y somos los Storytellers. Volveremos después de un pequeño descanso, amigos. Gracias por venir.

Tarareo suavemente, ese sonido que hago solo para ella. La forma en que digo su nombre. Ella esconde su rostro en mi cuello y tararea en respuesta.

—Gracias por venir por mí —murmura.

Siempre, quiero decir. Me conformo con tararear un poco más.

—¿Eso significa siempre? —Lee mi mente.

Asiento y me giro para besarle la parte superior de la cabeza. En la esquina trasera, la dejo en el suelo y aprieto mi cuerpo contra el suyo, protegiéndola de la vista del resto del bar. Señalo su pecho, luego el mío.

Su sonrisa titubea. Todavía hay tristeza a su alrededor.

—¿Te pertenezco?

Asiento y luego invierto el orden.

—Me perteneces.

Asiento de nuevo.

—¿Puedo mudarme contigo?

Una sonrisa sorprende a mi rostro inexpresivo con su repentina aparición.

—Vaya. —Extiende la mano para colocar su palma contra mi mejilla. —Eres tan guapo cuando sonríes.

Mi sonrisa se ensancha.

—Lo siento. Me asusté.

Sacudo la cabeza y me señalo a mí mismo, luego hago el signo de *lo siento*.

—Sé que lo sientes. Nunca quisiste hacerme daño. Estabas intentando cuidarme.

Asiento.

—No puedo prometer que no volveré a entrar en pánico.

Sacudo la cabeza. No te lo permitiré, quiero decir. Señalo mi pecho, luego niego con la cabeza mientras señalo hacia la puerta.

—¿No te irás?

Asiento.

—¿Nunca?

Sacudo la cabeza enfáticamente.

—¿Eres mío?

Ahí está esa sonrisa de nuevo. Mis músculos faciales tendrán que acostumbrarse a esta nueva sensación.

—Te quiero.

Me acerco lentamente, saboreando cada precioso

momento mientras bebo de sus labios, suavemente al principio, y luego pasando a un beso posesivo, reclamándola.

Story se relaja cada vez más, la tensión y la nube que la rodeaba se van disipando.

Hago un gesto con el dedo, retrocediendo unos pasos para sacar una silla. Story inmediatamente se sube a mi regazo, donde pertenece.

CAPÍTULO 17

S *tory*

—¡Atrápame si puedes! —chillo en cuanto salimos del ascensor en el Kremlin después de mi espectáculo. Salgo corriendo hacia la puerta que conduce a la azotea.

Oigo la suave risa de Oleg justo detrás de mí, pero me deja fingir que me estoy escapando mientras subo las escaleras hacia la preciosa piscina de la azotea. El aire está helado y sale vapor del jacuzzi cuando enrollo la cubierta.

—El último en entrar es un huevo podrido —digo mientras me quito la ropa, riendo.

Oleg no se apresura. Se desnuda lentamente, observándome completamente absorto mientras dejo caer mi abrigo, botas, medias, falda, camisa, sujetador y bragas sobre la cubierta de guijarros.

Salto al agua antes de que me dé frío y me balanceo arriba y abajo, rebotando sobre mis pies, haciendo que el agua salpique alrededor de mis pechos mientras se sumergen y emergen de la superficie.

Oleg termina de desnudarse, pareciendo un semental con una erección del tamaño de mi antebrazo. Le salpico.

Sus ojos se arrugan. Arquea una ceja y me señala con el dedo.

—Oh, oh —sonrío—. ¿El Gran Papi va a darme unos azotes?

Por favor, por favor.

Descubrí que su otro apodo para mí, *shalun'ya*, significa chica mala o traviesa, lo que me encanta. Desciende al agua, de pie en el primer escalón, y luego se sienta en el borde de la piscina. Sus cejas se mueven cuando estira el brazo para alcanzarme.

Dios mío.

Va a azotarme. Me siento temblorosa, emocionada y un poquito nerviosa, solo porque la última vez dolió casi tanto como se sintió bien.

Separa sus rodillas y me tira sobre una de ellas, inclinándome para que mis manos descansen en el borde de la piscina detrás de él.

Dejo escapar un tembloroso *mip*.

Él tararea suavemente y luego me da una palmada en el trasero mojado.

—¡Ay! Dios mío, eso duele.

Otra palmada, acompañada de una risa oscura. Bailo sobre mis pies, emocionada. Excitada. Escocida. Me frota el trasero y luego desliza sus dedos entre mis piernas. Me retuerzo con la descarga de sensaciones cuando sus dedos rozan mis partes más sensibles. Me da dos palmadas rápidas más y luego frota de nuevo.

Dios mío, qué delicia.

Tan emocionante. Delicioso. La intensidad del dolor inicial retrocede mientras el placer me inunda. No sé por qué me gusta esto. No importa. Es Oleg, y confío en él completamente.

Continúa durante unas rondas más: un par de palmadas, y luego su dedo medio haciendo círculos sobre mi clítoris. Mi excitación aumenta rápidamente.

—Más —gimo, aunque mi trasero ya me escuece.

Por supuesto, cumple, dándome siete azotes rápidos que me hacen chillar y patear. Y entonces, de repente, ambos estamos sumergidos en el agua, con el calor quemando sobre el frío invernal de mi piel. Oleg pellizca uno de mis pezones mientras curva un brazo detrás de mi espalda y atrae mi cuerpo contra el suyo. Envuelvo mis piernas alrededor de su cintura. Usa su mano para orientar su miembro y tantear mi entrada.

El agua y la ingravidez lo hacen resbaladizo y difícil para que entre, y unos momentos después, me encuentro de rodillas en el escalón, con mis codos sobre un cojín de una tumbona cercana, y Oleg embistiéndome por detrás. Agarra mi pelo en su puño irrespetuosamente, y me encanta. Me encanta porque sé que este hombre es lo más alejado de ser irrespetuoso fuera del dormitorio. Es lo más peligrosamente seguro que encontraré jamás, y su poder y dominio me resultan deliciosos.

Me monta con fuerza, protegiendo mis caderas del borde de la bañera con su antebrazo alrededor de mi cintura. Pierdo la cabeza, canturreando su nombre, jadeando, suplicando por el alivio. Su pulgar encuentra mi boca. Lo chupo con fuerza, esperando llevarlo al clímax para poder tener el mío. Funciona. Gruñe y empuja profundamente, embistiendo contra mi trasero mientras se corre. Alcanzo el orgasmo en el momento en que él termina, sin necesitar la caricia en el clítoris que me proporciona.

Grito porque puedo. Porque se siente bien ser tan ruidosa como quiera aquí arriba en la azotea.

Cuando ambos nos quedamos quietos, con el corazón de

Oleg latiendo contra mi espalda, él baja sus labios a mi oreja y muerde suavemente, luego besa.

Escucho su suave tarareo, el sonido que hace para mí cuando nos acercamos.

Yo lo hago también.

Sale y me da la vuelta, señalando mi pecho y luego el suyo.

—Sí —digo suavemente—. Soy tuya.

Me acomoda en su regazo en el agua, todavía tarareando.

—Oye, ¿sabes qué? Empezamos nuestra clase de lengua de signos estadounidense en el instituto comunitario el mes que viene. —Lo investigué ayer y me inscribí. Habría inscrito a Oleg también, pero primero necesita registrarse.

Él levanta las cejas.

—Ambos vamos a aprenderlo, para poder hablar fácilmente. De lo contrario, ¿cómo vas a hablar con nuestros hijos?

Oleg deja escapar un sorprendido suspiro seguido de un suave gemido y parpadea rápidamente. Si no lo conociera mejor, juraría que mi gran hombre fuerte está a punto de llorar. Me señala, luego hace el gesto de agarrar con la mano para *querer*, luego imita mecer a un bebé.

—Sí, yo quiero hijos, ¿y tú?

Otro suave gemido y parpadeo. Asiente.

—Estoy pensando, como, tres o cuatro. Una casa grande y ruidosa llena de niños. Porque el caos loco es lo mío.

Oleg ríe y solloza y apoya su frente contra mi mejilla, meciéndome suavemente en el agua.

—¿Estás de acuerdo?

Hace su sonido de tarareo y se levanta, sacándome del agua. Se agacha para coger su tarjeta llave, dejando nuestra ropa en la cubierta mientras me lleva hasta la puerta.

—¿A dónde vamos? ¿Vas a follarme otra vez? —Normalmente no soy de hablar sucio, pero después de leer todas las cosas que Oleg quería decirme la semana pasada, supongo que estoy expresando sus pensamientos.

Sus ojos se oscurecen con una promesa maliciosa.

Me río y aprieto mi agarre en su cuello, pataleando de deleite.

EPÍLOGO

*O*leg

—S-t-ory —articulo cuidadosamente para que los sonidos salgan correctamente de mis labios. Estoy de pie en la entrada del estudio de música de Story en la décima planta, donde da clases y ensaya con la banda.

Ravil consiguió que un logopeda trabajara conmigo cada semana para aprender a hablar de nuevo. Hago sonidos con mis labios para sustituir los sonidos que no puedo articular con la lengua. Odio cómo suena, pero ver la cara de Story iluminarse al oír su nombre hace que merezca la pena.

Mi chica se gira y me sonríe por encima del hombro, luego corre y salta a mis brazos.

—Hola, grandulón —me dice con voz baja y entrecortada.

Joder. Ahora solo quiero empujarla contra la pared y dárselo bien fuerte, aquí mismo, ahora mismo.

Pero no. Tengo otros planes.

—¿Cómo fue la logopedia? —pregunta, regalándome una docena de besos por toda la cara.

—Pien —digo. Las B siguen siendo un trabajo en progreso—. Cásate conmigo —suelto. Acabo de practicar una frase completa durante una hora, pero me he venido abajo bajo presión.

Story echa la cabeza hacia atrás para mirarme a la cara.

—¿Acabas de pedirme matrimonio?

—Sí. ¿Quieres? —Las palabras no suenan del todo bien, pero me entiende.

Ella se ríe y llora a la vez.

—Sí. Sí, quiero.

Muevo las manos para sacar el anillo que tenía guardado en el bolsillo y se lo muestro. Es un anillo pequeño y delicado con tres bandas finas trenzadas incrustadas de diamantes y tres diamantes de medio quilate en la parte superior. Story no es del tipo que quiere una gran piedra ni nada demasiado llamativo. Quería algo artístico y dulce, como ella.

—Me encanta. —Deja que se lo ponga en el dedo anular. —Me encanta muchísimo.

—Vamos. —La llevo fuera del estudio de música y hacia el ascensor. Cuando salimos, entro por la entrada principal al ático donde todos están esperando.

Los cabrones me han oído practicar durante la última hora, así que todos sabían lo que iba a pasar.

—¿Y bien? —exige Sasha. Maxim tiene una botella de champán en las manos, con el corcho listo para saltar.

—Sí —digo. No bajo a mi *lastochka*. Llevarla en brazos es uno de los mayores placeres de mi vida.

La habitación estalla en vítores y gritos. Incluso el pequeño Benjamin aplaude con sus regordetas manos. El corcho salta y golpea el techo. El champán se derrama por el suelo.

—*Pozdravleniya!* —grita Sasha sus felicitaciones en ruso. Pavel, Dima y Nikolia lo repiten, seguidos por Lucy, que ha aprendido ruso básico más rápido que cualquiera de nosotros aprendimos inglés. La novia de Pavel, Kayla, está de visita desde Los Ángeles y da saltitos, tan animada como dulce.

Maxim sirve dos copas de champán y nos las pasa. Esperamos hasta que todos tienen una copa.

—Por Story, que nos reveló a nuestro hermano Oleg. —Ravil levanta su copa.

—Por Story. —Levanto la mía.

—Te quiero —me dice Story y luego se gira en mis brazos—. Os quiero a todos. —Levanta su copa y da un sorbo. —Sois la mejor familia adoptiva que podría tener, y me encanta vivir aquí con vosotros, pero entiendo si tenéis que echarnos después de nuestro segundo o tercer hijo.

Hay risas y más bromas, pero no oigo nada de eso porque mi mundo se reduce a Story, como siempre ocurre.

Mi obsesión. Mi hermosa golondrina.

Y pronto, mi esposa.

Gracias por leer *El ejecutor*. Si te ha gustado, agradecería muchísimo tu reseña; marcan una gran diferencia para los autores independientes.

¡Disfruta de esta escena extra de *El ejecutor* para descubrir qué ocurrió la noche en que volvieron a estar juntos!

https://www.subscribepage.com/reneerose_es

Lee el siguiente libro de la serie *Chicago Bratva*, **El soldado**

DEBERÍA DEJARLA…LIBERARLA.

El ejército ruso me convirtió en un asesino, pero la hermandad me hizo quien soy.

Despiadado. Letal. Irredimible.

Por eso Kayla debería mantenerse lejos.

La joven e inocente actriz tiene un futuro brillante por delante,

siempre que alguien no la destruya primero. Alguien como yo.

Cada fin de semana, se entrega a mí por completo.

Sin preguntas. Sin dudar.

Es mía para darle órdenes. A cambio, le doy lo que anhela: dolor y placer.

Pero es una fantasía que jamás podrá ser realidad.

Jugamos con fuego, pero no puedo soltarla…

El soldado

Quiere un libro gratis de Renee Rose? Suscríbete a mi newsletter para recibir *Padre de la mafia* y otro contenido especialmente bonificado y noticias de nuevos. https://Book Hip.com/NCVKLK

OTROS LIBROS DE RENEE ROSE

Vegas Clandestina

Rey de diamantes

Padre de la mafia

Sota de picas

As de corazones

El comodín del Loco

Su reina de tréboles

La mano del muerto

El comodín

Serie Chicago Bratva

Preludio

El director

El solucionador

Poseída

El ejecutor

El soldado

El hacker

El corredor

El limpiador

El jugador

El guardián

Secundaria Wolf Ridge

Alfa Bravucón

El caballero alfa

Alfa-nastro

Alfas peligrosos

La tentación del alfa

El peligro del alfa

El premio del alfa

El reto del alfa

La obsesión del alfa

El deseo del alfa

La guerra del alfa

La misión del alfa

El tormento del alfa

El secreto de alfa

La presa del alfa

La sangre del alfa

El sol del alfa

La luna del alfa

El juramento del alfa

La venganza del alfa

El fuego del alfa

El rescate del alfa

Hombres lobo de Wall Street

Un Gran Jefe Malvado: Medianoche

Un Gran Jefe Malvado: Lunático

Un Gran Jefe Malvado: Marcada

Un Gran Jefe Malvado: Su pareja

Osos malvados

El reclamo del alfa

Alfa de Montaña

Héroe

Rebelde

Guerrero

Rancho Wolf

Áspero

Salvaje

Feroz

Rudo

Indomable

Implacable

Instintivo

Vigoroso

Dos Marcas

Rebelde - GRATIS

Tentada

Deseada

Seducida